JN151182

続・文豪の謎を歩く

——詩、短歌、俳句に即して

牛島富美二

竹林館

続・文豪の謎を歩く――詩、短歌、俳句に即して＊目次

詩一篇の謎

短歌一首の謎

俳句一句の謎

詩一篇の謎

夏目漱石と二人だけの新境地開拓詩

——高浜虚子

大空を大地に落す五月雨
夏目漱石窓に頬杖
黒雲を横ぎり過ぐる物の音
伊勢の神鳴り浦塩に落つ

（「ホトトギス」明治三十七年八月）

題名はない。すぐ前に詞書よろしく、「其後漱石子来訪、折ふし雨盆を覆し神鳴りはためく、」とある。すると一読して、独吟俳諧かと思ってしまう。高浜虚子の所へ夏目漱石が訪れた際に詠んだもので、漱石名が詩中にある。日時は未詳だが、荒正人『漱石研究年表』には七月とある。

その日はまるで盆をひっくり返したように激しい雨が降った。盆は容器のことだが、今ならバケツをひっくり返すと譬えるところであろうか。神鳴りは雷のことだが、五月雨が雷雨だったことになる。それはさておき、これらを詩として挙げたのは、虚子が「俳体詩」という文章の中で発表しているからである。俳体詩とは一般に聞き慣れないジャンルの詩であるが、それにはこんないきさつが述べられている。

「稍連句を変化さした一新詩体を創めて見るのも善からうと思ふと漱石子にいふと、漱石子は、それは善からう、俳体詩とでもいふものか、といはれしより暫く俳体詩の名を冠すること丶する。但し俳体詩は未生児である。これから生れやうといふやつである。まだ虫のかぶつて来ぬうちに先づ名が附いたといふ格である。」とある。つまり、連句をやや変化させた新しい形式の詩を虚子が提唱、それに漱石が俳体詩と命名したことになる。「虫が齧《かぶ》る」とは、産気づいて陣痛が起こることをいう。そのため未生児とあるが、つまり虚子が生み出し、漱石が命名したばかりなので、そう言ったのであろう。世人が知らないのは当然であった。したがって、一般には独吟俳諧と受け取っても仕方がない。

ただ虚子が、「稍《やや》連句を変化さした」とあるので、どこをどんな風に変化させたのかということが気になる。そのためには、連句とはどんなものかを知らなければならないことになろう。とはいえ、連句について詳細を記すのも意図ではないし、第一詳細を知らないのである。そこで古典文学辞典を引いて、大まかな点を記してみる。

まず元来連歌《れんが》という形式があった。和歌の形式、五七五と七七を二人で唱和したものである。内容は即興的なおかしみを主旨としていたのだが、しだいに和歌の優美さが求められていく。そこでまた本来の気軽さや滑稽味を取り戻そうとして起こったのが俳諧連歌。江戸時代になると俳諧とだけ呼ぶ。それがやがて五七五（長句）が独立して俳句となる。それで明治以降には形式は同じでも連句と呼ぶようになった……というのが大まかな流れらしい。その連句も、細かく言えば最初の一句（発句《ほっく》）には切字《きれじ》を用いて表現の完結を図るとか、三句目は二句目とのみ連鎖して一句目とは無関係にするとか、さまざまなきまりができていったようである。

というようなきまりから虚子のこの形式を見ると、確かに初句に切字がない。切字を使うとはっきりと言い切ることになる。だからやがて俳句として独立することになるのだが……。切字十八というほどたくさんあるが、「や」「かな」「けり」「ず」「ぬ」などが目立つようである。ここでの初句（発句）にはこれらの切字も、それ以外の切字も見当たらない。ということは連句のきまりから外れていることになろう。さらに三句目は初句と無関係でなければならないが、「黒雲」は初句の「五月雨」と無関係とは言えまい。つまりはこうした点が、虚子の言う「稍《やや》連句を変化さした」表現ということなのであろう。こうした連句に似て非なる形式が俳体詩と言えそうである。

四行詩全体は、漱石の訪れた日がまるで大空そのものが大地に落ちているかと思うほどの激しい五月雨で、漱石は頬杖を突きながら窓からその様子を眺めている。するとその時、五月雨を降らす黒雲を横切るものがいたかと見た瞬間、雷が落ちたのである。「黒雲を横ぎり過」ぎたのは稲光であろう。ここの雷は伊勢の神鳴りとある。三重県伊勢市にある伊勢大神宮は天照大神を祀った神社。神鳴りとは字のごとく、天照大神の怒りであろう。その怒りが浦塩に落ちたのである。浦塩はウラジオと読んで、ウラジオストク。ロシアを露西亜と書いたように、ウラジオストクは浦塩斯徳と書いてロシア南東端、沿海州南部にある都市。ロシア語では「東方を征服せよ」という意味だというから、物騒な都市名である。

ところで虚子がこの俳体詩を発表した明治三十七年（一九〇四）は三十歳、漱石は三十七歳。漱石の『吾輩は猫である』が書かれるのは翌三十八年で、この時期の漱石は第一高等学校と東大で教えていた頃である。この明治三十七年二月十日、日本はロシアに宣戦布告をして、四月二十五日には、ウラジオストク艦隊が、軍隊輸送中の金州丸を元山沖で撃沈したのであった。さらに六月十五日には、同艦隊は対馬海峡で陸軍運送船常陸丸・和泉丸を撃沈、佐渡丸を砲撃したのである。おそらくこれらの報道に虚子は立腹したのではないだろうか。だからその報復として虚子は、詩表現でウラジオストクに神鳴りを落としたのだと解したい。天照大神の怒りである。漱石が虚子を訪ねたのは七月と考えられており、この詩を八月号の「ホトトギス」に発表しているので、発行期限には間に合ったということであろう。

なお、この四行は虚子作の部分だが、それだけで終わっているわけではない。その後に続く部分も記してみる。

無人島の天子とならば涼しかろ　漱石
独り裸で据風呂を焚く　同
いづくより流れよりけんうつろ船　虚子
大き過ぎたる靴の片足　漱石
提灯のやうな鬼灯谷に生え　虚子
河童の岡へ上る夕暮　漱石

という六句である。そして「以上俳体詩といふべきものか、いふべからざるものか。斯んな出鱈目を臆面も無く並べ立てゝ居るうちに、本統に虫がかぶつて来て玉のやうな俳体詩は生れ出る事と信じて如件」と付け加えている。したがって、ここでは十句全体を纏めて俳体詩と呼んでいるわけだから、虚子作の四行だけを挙げるのは道断に違いない。ただこれ以外に虚子の詩が見出せないので、敢えて四行を切り離してみた。結局は二人で始めた「俳体詩」であったが、虚子自身大いに迷っていたことになる。「出鱈目《でたらめ》」とさえ呼んだりしている。ということは、虚子と漱石の間だけに通じたジャンルの詩形式ということになろう。実際現実に俳体詩が行なわれていないのである。

漱石と正岡子規が親友だったことはよく知られている。その子規から虚子は俳句を学んでいた。子規も虚子も共に愛媛県松山出身。漱石も俳句の添削を子規に頼んだりしている。漱石が松山中学校へ赴任して、下宿していた家の離れを愚陀仏庵と名づけ、俳句仲間が出入りしたが、虚子もその一人であった。漱石に依頼して俳誌「ホトトギス」に「吾輩は猫である」を発表させたのも虚子。虚子もやがて小説を書くが、二人はそういう関係であった。虚子が提案し、漱石がそれに俳体詩と名づけてから虚子に、まだ俳体詩は出来ないかと催促する書簡がある。しかも、自分の俳体詩を記しているので、参考までにその書簡を掲げてみる。七月何日のものかは不明だが、俳体詩の名付け親・漱石の作品としてこの俳体詩は重要な位置を占めることになろう。

先日四方太を訪ふ。お互に愚痴をこぼして別る。四方太桃を喰ひ漱石サイホンを呑む。俳体詩はいまだ出来ぬにや。

朝貌や売れ残りたるホト、ギス

尻をからげて自転車に乗る

四方太は月給足らず夏に籠り

新発明の蚊いぶしを焚く

来年の講義を一人苦しがり

パナマの帽を鳥渡うらやむ

〈虚子「俳話」〈六〉「ホトトギス」〈明治三十七年八月十日〉掲載〉

というものである。サイホンはサイホンラムネ。四方太は鳥取出身の俳人、坂本四方太。夏は夏《げ》で九十日間の修行期間。鳥渡はちょっとと読む。なお漱石全集には十五篇ほどの俳体詩が収録されているが、連句のきまりによらず、五七五と七七を基に、自在に詠まれたものが俳体詩ということになろうか。

魔術と衝撃の作家

――三島由紀夫

実は、四十七人目に取りあげたのは赤穂浪士ではないが、あまりにも衝撃的な最期を遂げた三島由紀夫の詩である。

三島は十代で数多くの詩作をしている。十代の少年には思いつかないような言葉をふんだんに使用している。

全集では公にされなかった拾遺詩篇という部立てがあり、その五十八篇中の四連詩一篇を挙げてみる。

落葉の歌

この明るき凋落《てうらく》にまぎれつ

われ心たのしく転《まろ》びゆかむ
軽快なる落葉を羨み　星も亦《また》
いと深きものへ舞ひながら堕《お》ちんと乞ふ

わが傾斜は信ずべくもあらたかなり
臨めり　転瞬は久遠《くをん》へと
その身、火よりも露《あら》はにして
軽《かろ》やかに時の飛沫《しぶき》にも濡れてあり

乾き果てゝは見えわかぬ光や影や
哀楽ははるか　流転はかなたに
わが喪ひにまして豊けき何かあらむ
真昼の星の険しさに似もやらず

われは傾く　堕つ——
頽落《たいらく》の深雪《みゆき》にかゞやく山々よ恙《つつが》なかれ

愛が肯《うべな》ふ速さに似て　徒爾《あだごと》なり　されど正確に
この季節の間隙をのどけくも翔《と》びてすぎなむ
（二〇・一〇・一四）
（「光耀」昭和二十一年五月）

書かれた昭和二十年（一九四五）は、三島由紀夫二十歳。八月十五日正午、天皇による戦争終結の詔書放送から二ヶ月後の作品。この時三島は東大法学部の学生である。

落葉といえばどうしても暗いイメージを持ってしまう。ヴェルレーヌの「げにわれは／うらぶれて／こゝかしこ／さだめなく／とび散らふ／落葉かな」（上田敏訳）の「落葉」である。三島は、その落葉から歌を聴こうとする。うらぶれて飛び散るのではなく、「軽快なる落葉」である。それを羨んでいる「われ」も「心たのしく転《まろ》」ぼうとしている。「明るき凋落《てうらく》に」に紛れながら転ぶのである。凋落を明るく捉えている。したがって一連に限ると、落葉の歌は暗い歌ではない。

三島はこの年五月、勤労動員で神奈川県高座の海軍工廠へ行っている。東京よりも危険な場所と見られていて、台湾出身の少年を使って毎日穴掘りをしていたという。そのうち、診断書を提出して図書館勤務に替えてもらい、執筆と読書に専念したという。これより以前の一月、入営通知を受け取り、入隊検査を受けたが、風邪を引いていて当日は高熱を発した。「せきが出て、目まひがしてきました。ところが、私の症状が、新米の軍医によつて誤診されてしまひました。彼は、私のことを肺浸潤だと言ふのです。」(『わが思春期』)と診断され、即日帰郷となった。「そのときの正直な気持ちは、軍隊に入るよりも、病気になった方がいいといふ、助かつたやうな気持でした。あとで聞くと、その隊は、みなフィリピンへ連れていかれて、数多くの戦死者を出したさうであります。」(同)とある。実際、三島も出陣していたら「数多くの戦死者」の一人になったかもしれないと思うと、軍医の誤診に筆者も感謝したい。ただ、徴兵検査で東大文科乙類の三島は、結果は第二乙種である。これは身体的欠陥のない者では最低のランクなので、身体そのものはひ弱だったことになろう。年譜によれば、幼少時、感情の激しい祖母に溺愛されて育てられ、病弱であったという。前述の診断書提出はそうしたことを自覚してのものだったのではないかと思われる。

八月十五日も原因不明の高熱に襲われている。そのため動員先から、一家が疎開していた世田谷区の親戚の家に帰り、そこでラジオからの敗戦を知った。後に記したものだが、敗戦の日について、「八月十五日といふと思ひ出すのは、もう何も落ちてくる気遣ひがなくなつたまばゆい夏空を見上げたときに、にはかに天がわれわれから遠くなつたやうに感じられたあの一瞬の錯覚である。」(「天の接近—八月十五日によす」)とある。また、「二十歳の私は、なんとなくぼやぼやした心境で終戦を迎へたのであつて、悲憤慷慨もしなければ、欣喜雀躍もしなかつた。その点われながら、まことにふがひなく思つてゐる」(「八月二十一日のアリバイ」)ともある。敗戦の日から二ヶ月後、この詩が書かれる時に「何も落ちてくる気遣ひがなくなつたまばゆい夏空」から、落葉が降ってくるのである。だから凋落は明るいし、自分も心楽しく転んでいこうと思えるのである。三島は「悲憤慷慨」も「欣喜雀躍」もしなかったと回顧したが、二ヶ月後の心情ははたしてそうであったろうか。前述の「一瞬の錯覚」「まことにふがひなく思つてゐる」が気になる。

敗戦は落葉の「明るい凋落」であり、「われ」の精神もまた軽快な落葉同様、そして星同様舞いながら堕ちたいのである。敗戦による精神転換……価値観、人生観……さまざまな転換が瞬時に訪れ、しかしその転換はこれから続く永遠性を持って押し寄せたのである。ただし、転換するためにはそれまでの旧態を葬らなければならない。それまで生きてきた精神、価値観、人生観……。「火よりも露《あら》は」とは、何もかも転換することが火を見るよりも明らかということであろうか。それまで保ち続けていた一切を捨てることは、堕ちる感覚に違いない。それまでの生き方を善しとしてきた人生としては、今後に訪れる人生に対して不安なのは当然である。というより、いい人生が訪れるとは思えない。自分が喪失しても、それ以上に豊かなものがあるとも思えない。真昼に星が輝かないことなどに比べようもないほどである。この喪失感……。

四連「われは傾く　堕つ――」に三島の絶望感・喪失感が溢れているのではないだろうか。「国破れて山河在り」と杜甫は「春望」で詠ったが、三島は「頽落《たいらく》の深雪《みゆき》にかゞやく山々よ恙《つつが》なかれ」と山々に呼びかける。そして季節は正確に巡るのである。しかも落葉は何事もなかったように、この季節を「のどけくも」翔び過ぎるのである。

この詩はやはり、敗戦を迎えた三島が、自らの生きざまに葛藤していた内容ではないだろうか。「欣喜雀躍もしなかつた」というが、一連には雀躍が感じられるのである。「たのしく転《まろ》び」は雀躍ではないだろうか。ただその雀躍は、自分のこれまでの生き方に鑑みるとき、容易に乗り越えられない価値感に包まれている。だからそこから離れることは、「傾斜」することであり「堕つ」ことになる。そこには人知れない「悲憤」もあれば「慷慨」もある。二連、三連、四連はその葛藤ということになろう。それらは落葉に比喩されているものだが、したがって落葉の歌は決して楽しい歌ではなくなる。結局は苦渋に満ちた、呻きの歌といえるだろう。

この詩が作られたのは十月十四日と記されているが、その四日前の十日、妹の美津子が発病した。聖心女子学院中等科二年の十七歳。焼け跡の整備に出かけた際、井戸の水を飲んで腸チフスに罹ったのである。父親・平岡梓が「倅は試験勉強の最中だったのですが、ノートを抱えながら病院に通って、妹の顔近くベッドの床にじかに胡坐をかき、ベッドに寄りかかりながら妹の顔とノートとを交互に見て看病しておりました」「あの時の倅の妹思いと申しますか、その心のやさしさには、僕も倅に手をついてお礼をしてやりたいくらいの気持でした」(『倅・三島由紀夫』)と回想しているが、兄の看病の甲斐なく、二十三日に唯一の妹が亡くなるのである。この詩はそうした妹の看病中に書かれたことになる。心情としては、明るい詩にはなり得なかったはずである。

特に、三連の「わが喪い」とか四連の「われは」「堕つ」がどうしても気になってしまう。堕つとは崩れ落ちること。「雀躍」の後から襲ってきた「慷慨」を抑え、「のどけくも翔《と》びてすぎなむ」と詠ったものの、二十五年後の昭和四十五年（一九七〇）十一月二十五日の割腹自決に繋がっていったのではないだろうか。
辞世となった一首を掲げる。

散るをいとふ世にも人にもさきがけて
　散るこそ花と吹く小夜嵐《さよあらし》

（昭和四十五年十一月二十三日）

限りなき旅

――若山牧水

行かむがために行く者こそ、まことの旅人なれ
心は気球の如くに軽く
身は悪運の手より逃《のが》れ得ず、
何の故とも知らずして
たゞ、行かむかな、行かむかなと叫ぶ。

歌人・若山牧水は十篇足らずの作詩をしているが、ほとんどが長詩なので、ここでは散文集として発行された随想『旅とふる郷』の中の、「秋乱題　その一」から拾ったものを挙げてみる。題はないが、牧水を端的に表現しているように思えるからである。牧水の一篇の詩としたい。大正五年（一九一六）発行なので、牧水三十一歳の著。

若山牧水といえばどうしても白鳥の短歌と結びついてしまう。それは私だけではないであろう。多感な高校時代に、その短歌の曲を教わったせいであろう。古関裕而作曲の哀調を帯びたリズムが忘れられない。言うまでもなく、「白鳥はかなしからずや空の青海のあをにも染まずただよふ」(『海の声』)である。白鳥の純白さと広大な青い海原の色彩感、その中に羽を休める一羽の白鳥の点景、空の青と海の青に挟まれた白鳥はあくまで白く漂っている。孤立している。海は「あを」と平仮名書きなので、なぜかくっきりと際立つ水平線に止まる白い鳥を連想してしまう。その白鳥の姿に、作者牧水を重ねてしまうのである。

それはともかく、この五行詩では「行かむ」が三度も繰り返されている。まさに、これこそ牧水の生涯を貫いたテーマではなかろうか。どこへ、行かむ(ん)とするのだろうか。この表現の前後を拾い書きしてみる。「地図が欲しい。精巧な大きな日本地図」「細く突き出たり細く入り込んだりした海岸線など微妙な詩の韻律」「山があり、川があり、海があり、島がある」「それ等の間に何処となく流れてゐる人間の悲哀」というような表現の後に五行詩が綴られ、その後に「涙のようなこの歌」とある。抜き書きした語句表現だけで、どこへ行きたいのかの回答が示されていよう。牧水は、地図だけを見ていること自体が好きだったようである。現在のようには、新幹線もなく飛行機も自由に利用できなかった時代の人達にとって、地図を指で辿ることで心を躍らせたであろう。「指をもて遠く辿れば、水いろのヴォルガの河のなつかしきかな」(土岐善麿『黄昏に』)である。それにしても、牧水の自然への執着は並大抵ではない。牧水によれば、その自然には「詩の韻律」が潜んでいるのであり、「人間の悲哀」が流れているのである。

「悪運の手」という語は、そうした旅への執着心を指すのではないだろうか。友人・平賀財蔵(春郊)に宛てた書簡に、「旅に出たいとまたしみ〴〵思ふ」「自分で、妙な、厭アな深みへだん〳〵はまつて行く様で、怖くてたまらない」(大正三年〈一九一四〉九月十五日)と記したり、翌日やはり知人の中村終花に宛て、「毎日々々苦しい〳〵で手をつかねてゐるのです、秋になると起る病気だとも思ひますが、秋に限らなくなつたから助かりません」と書き送っている。何が何でも旅に出たくなる心情を、牧水は「悪運の手」と呼んだのである。そうなると旅へ行く理由はどうでもよくなる。「何の故とも知らず、行かむかな、行かむかなと心の奥に悲しまれてならぬ」と五行詩の後に付け加え、これを「涙のようなこの歌」と捉えている。おそらく、牧水はこの詩を歌のようにして繰り返し呟いていたのであろうか。旅は牧水の業《ごう》であった。

牧水は宮崎県東臼杵郡東郷町坪谷生まれ。姉たちが、繁と名付けたらしい。祖父も父も医者である。母親が自然が好きで、山に入って筍探しをする母の姿を忘れられないと牧水はいう。したがって、少年時代の牧水は四季を通して遊びの相手が天然だったという。いわば、母親の影響がずうっと続いたことになろうか。東郷町は、山林原野が面積の85%を占めるという農林業の町である。周囲が山という自然を相手にして育っていた七、八歳の頃、母に連れられて姉の嫁いでいる都農町に行っている。そこで海を見たのである。「海！　浪！」「私は広大無辺の海洋と相対した」「水に対する私の情《こころ》はその時から更に海を加ふる事になつて来た」（『おもひでの記』）と、山の他に海が牧水の自然に加わるのである。これらは牧水の好奇心をくすぐり、満たすことでもあったろう。地図が好きだと記しているが、幼少年時代のこうした体験が基になったと思われる。それは旅に直結しているわけだが、その最たるものが十三歳の時の一件であろう。年譜（勝原晴希編）によれば、延岡高等小学校三年の十三歳の年、学年試験の最中に学校を休み、下宿先に置手紙を置いて母と義兄の宿泊先まで二十数キロの道のりを歩いている。金毘羅参りと大阪見物に同行したのだという。これが牧水最初の長旅である。後に、早稲田大学文学科高等予科に入学して上京、下宿するわけだが、故郷宮崎から東京までの長距離も、牧水には長旅だったであろう。しかも宮崎地方はまだ鉄道が開通していない時期である。

実は延岡中学校四年十七歳の頃、薄田泣菫の詩集『ゆく春』ほど愛読した本はないといい、「山に行き海に行く時など殆ど間断なく僕の唇頭にその中のどの詩かゞ上つてゐた」（「彼の一巻、この一巻」）という。「いつしか一字一句を悉く暗記して」ともあるが、「夕暮海辺に立ちて」の詩などは絶好であったろう。薄田自身その詩集の序に「『ゆく春』はまことに野にふさわしき調のみ」と記しているのである。こうした若い日の野行き山行きの体験の延長を続けたことになろうか。

宮崎・東京往復は別にして、牧水はその後どんな所を旅していたのであろうか。年譜から拾ってみる。

武蔵野・御嶽・大嶽・軽井沢・碓氷峠・妙義山・名古屋・奈良・大阪・神戸・外房州布良海岸・山梨県・小諸・長野県下・桔梗が原・三浦三崎・横浜・美々津・大牟田・島原・福岡・愛媛県岩城島・明石・京都・浜松・伊豆神子元島・下田・天城・佐久地方・宮城・岩手・青森・秋田・福島

前記の随想が発行される六月、牧水三十一歳までの期間である。一般人と比べて多いのか少ないのかは分からない。しかし、山に海に川にと、存分に旅していたと思われる。とりわけ武蔵野が好きだったようで、単独行したり、友人と歩いたりしている。背景には「……独歩の武蔵野とは其頃の私の側から殆ど離れたことが無かった」（『おもひでの記』）とあり、国木田独歩の『武蔵野』の虜《とりこ》になっていたらしい。いわば自然派である。この独歩に凝っていたことは、前田夕暮の「その頃の君は最も熱烈な独歩宗の一人で、また馬鈴薯党であった」（『忘れ得ぬ二つの姿』）という証言もある。

記したように東北五県も巡っていて、宮城県に来たのはこの年の三月十四日。盛岡に住む志友・菊池知勇に宛てて手紙を認《したた》めている。「今、仙台駅で降りました。今夜此処で一泊、明日松島を見物（下略）」。その折の歌が塩釜のシオーモの小径に石碑として建っている。「鹽竈の入江の氷はりはりと裂きて出づれば松島の見ゆ」。

ところで、牧水は若い時から病弱だったようである。十八歳の二月だからまだ延岡中学校四年の時だが、発熱して胃と肝臓を病み、二週間の療養をしている。早稲田大学に入学した翌年には、脚気《かつけ》の療養のため神奈川の葉山一色海岸に転地している。二十一歳の八月は郷里で病臥、翌年五月から六月にかけて、脚気、胃病、神経衰弱、風邪といった病気の複合に悩んでいる。治っては病み、病んでは治るという繰り返しを重ねていたらしい。そうなる理由があった。一つは、雑誌や新聞の発行編集に深い興味を持っていたのはいいが、自ら実行してもうまくゆかなかったことである。例えば依頼されて創刊した雑誌「創作」。計画はうまく立てても、経営となると大の不得手という通り、資金や社友に行き詰まる。その心労が重なっていた。もう一つは恋愛問題である。最初は園田小枝子。牧水の友人・佐藤利吉(緑葉)によれば、「眼に悲しさうな色を湛へてゐる人だつた。若々しい娘と云つた感じは殆どなく、既に人生の実際上の経験を相当に重ねてきたといふ風」な女性であった。その小枝子との生活のため、一戸を借り、婆やまで雇って移ったのである。ところが一ヶ月ほど経ってから、知人の紹介で訪問して来た石井貞子との交流が始まる。再び佐藤の記述によれば、「病中の故もあつて、どこやら華奢な感じのする上品な人だった。からだも細く、顔もほつそりしてゐて、色が白く、口数の少ない人」であった。小枝子とは大分イメージが異なる。牧水は貞子宛てに次のような書簡を出している。「私は流浪の身となりました。事業の失敗、身体の病気、女との永別、その他無職貧乏、あらゆる敗北者が具ふるだけのいやなことをば残す所なく具へつけて、下宿屋の二階に横つてゐます」。

ただ貞子とは特に進展はしなかったようである。小枝子との関係が完全に切れてから四ヶ月後、牧水は太田喜志子に出会う。喜志子が歌人・太田水穂を頼って信州から上京して一ヶ月ぐらいの頃である。それから間もなく牧水は彼女に結婚を申し込む。すると二ヶ月後、無断で家を出た喜志子と結婚するのである。歌人・若山喜志子である。

こうした事柄による心労のほか、酒もその身を蝕《むしば》んだのではないだろうか。牧水は、「わが顔は酒にくづれつ」と詠んだように大酒呑みであった。泥酔のあまり、何度か巡査の厄介にもなっている。

牧水は四十三歳で没した。決して長生きしたわけではない。病身を自覚していただけに、長命を予想してはいなかったのではないだろうか。それ故に、幼少時からの願望に加え、いちだんと旅への思いに駆られていたのだと思いたい。

先に述べた白鳥の短歌とセットにして覚えたもう二首に、以上に記した牧水の神髄が籠められていたことに今更ながら驚くのである。すなわち、「幾山河《いくやまかは》越えさり行かば寂しさのはてなむ国ぞ今日も旅ゆく」(『海の声』)「いざ行かむ行きてまだ見ぬ山を見むこのさびしさに君は耐ふるや」(『独り歌へる』)。

これらのさびしさゆえに牧水の旅は終わらない。だから、「行かむ」とは、既にして牧水の業なのであった。

ちなみに牧水という号は十八歳の頃に固定したようだが、故郷で「瀧や溪にのみつながってゐた水に対する私の情《こころ》」（『おもひでの記』）と深い因縁があったのだろうか。姓の若山の「山」と「水」。水とは川であり海である。「牧」とは家畜を養うことだが、それゆえの「水」を探さなければならない。水とは自然。つまりはその水・自然を追い続けるという意味ではなかろうか。『旅とふる郷』には短歌もかなり多く収録されていて、「諸国の歌拾遺」という詞書のもと、「浪々沖に居る浪岸の浪やよ待てわれも山おりて行かむ」の一首がある。ここにも水があり、「行かむ」が詠われている。なお、「幾山河」の歌はここには、「幾山河越えさりゆかばさびしさの終《は》てなむ国ぞけふも旅ゆく」とあり、一般の表記とは異なっている。結局、牧水の寂しさは終わらなかったであろう。それは人生そのものの寂しさであったに違いない。そうなると、どんなに旅を続けても、それは「果て」ることも「終て」ることもない。それゆえ、「いざいざと友にさかづきすすめつつ泣かまほしかり酔はむぞ今夜《こんや》」（『路上』）という風に、酒に縋って寂しさから逃れようとしたのであろう。

なお牧水の長男は旅人と名付けられたが、その名前に父親の業を背負わされたのではないだろうか。「旅人《たびびと》あり街の辻なる煉瓦屋の根に行き倒れ死にはてにける」（『独り歌へる』）と詠んでいるのだが……。

臍の胡麻を取る

――真山青果

東日本大震災を機会に、明治二十九年（一八九六）の三陸大津波の際、特に宮城県関係の文人たちはどういう反応をしたのか探ってみたが、真山青果の膨大な作品からは探しあぐねたのである。明治十一年（一八七八）仙台生まれの青果は当時十八歳。ただ、二年前に居宅が火災の類焼に遭ったりして、前年は尋常中学校を終了できずに退学して上京、日本中学校に編入されて通学している。したがって二十九年は仙台を離れていた。大津波は六月十五日だが、四月には弟が死去、十二月には父親が死去している。二十九年は、青果にとって、身内の不幸が重なり、長男の十八歳の身には余裕がなかったであろうと推察される。

震災はさておいて、青果には短歌や俳句も見つけられずにいるが、随想の中に次のような詩を見出した。もっとも題名からして、青果が詩として記したものかどうかは分からない。二十一歳の頃、小説や詩の習作に熱中したらしいが、それらの詩作品を見出せないので……。

ある日戯れに

臍の胡麻もとる日がある。
思ったり為たり両方は出来ぬ。
一年十二日。
折れる鉛筆しまひまで折れる。
犬はさびしい時に吠える。
石の上に五年。

（『真山青果随筆選集』講談社）

これが書かれたのはいつの頃かはっきりしない。手帖やノートに記されたものらしい。が、発表順による配列という全集の編集からすると、すぐ前に載っている随筆が大正十五年（一九二六）一月八日と日付があるので、これもその時期の執筆と考えられる。青果四十八歳。

年譜によれば、青果は明治三十年（一八九七）に日本中学校を卒業すると仙台に帰郷、二十一歳で官立第二高等学校医学部に入学している。ところが先述したように小説や詩の習作に熱中、医学部の学業を怠ったのである。結局進級試験に失敗して、地方病院の薬局生になったり、私塾の代用教員を勤めたりしているが、二十四歳の時、宮城郡七郷村南小泉の代診医に雇われている。出世作となった「南小泉村」が発表されたのが明治四十年（一九〇七）、二十九歳の時。当時小栗風葉の弟子として、風葉名で代作をしていた時期でもある。「南小泉村」により、正宗白鳥と共に新進の自然主義作家として登場したのである。調べてみると、この年小説九篇、戯曲一篇、翌四十一年には小説だけで三十一篇の発表に及んでいる。売れっ子になったのである。しかしその多作ゆえに、四十一年、小説「妹」（「趣味」一月号）と小説「弟の碑」（「太陽」二月号）とが同一作品と判明、いわゆる原稿二重売り事件を惹き起こしてしまった。それでも翌四十二年には三十三篇の小説を発表している。その間師の風葉の絶交にあったりしているが、四十三年、再び原稿二重売り事件を惹き起こしているのである。小説「子供」（「太陽」十二月号）と小説「枷」（「新小説」一月号）とが同一作品。さすがに非難を浴び、文壇非買同盟が報じられたりしている。この後めっきり小説の仕事が減少、青果は苦境に立たされた。明治四十五年（七月三十日大正と改元）（一九一二）から大正十五年（一九二六）までの十五年間に発表された小説が約三十篇。これは四十二年一年間の作品より少ない。青果としては一大転機に立ったことになる。ただ、この時期青果にとって、四十四年（一九一一）に結婚、大正二年（一九一三）に松竹合名社入社は明るい出来事であったろう。新派脚本の執筆が加速する。大正十五年まで、「平将門」など七十余の脚本を書いている。

さてこうした経緯から、大正十五年頃に記されたと思われる「ある日戯れに」を読むとどんな具合になるのだろうか。

一読すると、自戒を込めた決意表現のように思える。「臍《へそ》の胡麻《ごま》」は臍に溜まる垢《あか》のことだが、これを取ると腹痛を起こすと諺にもあり、私なども子供の頃によく言われたものである。実際、そうなった体験があったような気もする。それを「とる日がある」という。腹痛を覚悟で取るというのであれば、これは一大決意ということになろう。つまり次行の、「思ったり為たり両方は」同時にできないから、一つに絞るということである。思うこと一つと実行一つならできるのだが、青果の心中には様々な思いが巡っていたのであろう。その様々な思いに対処するには、「一年十二日」という極端な表現を採っているのである。一ヶ月は一日しかない勘定になる。それほどに集中しなければならぬということであろう。それは鉛筆に関わっていることで、鉛筆が終いまで折れるほどに使ってしまうことになる。してみると、青果はふだん万年筆ではなく、鉛筆を使用していたことになろうか。つまり執筆の仕事で、一年が十二日しかないと思われるほどに書きまくらなければならない。犬はさびしい時に吠えるという。しかし青果は、寂しさを感じても吠える代わりに、石の上に五年じっと座って耐える。諺としては「石の上にも三年」。冷たい石の上にも、三年坐り続ければ暖まるという意味から、たとえ辛くても我慢強く頑張ればやがて報われる、という風に使われている。ここでは、三年どころか五年。と読んでみると、これはやはり青果の決意表明ではないだろうか。おそらく、原稿二重売り事件によって傷つき、非難を浴びて出版社からの小説需要が激減した時期の辛さを記したものと思われる。著作年表を探ってみると、大正五年から同七年までは一作も小説の発表がない。八年に三作あるが、九年から十一年までは一作ずつ、十二年はなし、という状況ではあったが、これは戯曲の発表が多くなっていったせいであろう。といっても、その戯曲も五作以上になるのが大正四年（一九一五）以後である。こうした事情から、「石の上に五年」というのは明治四十三年の二度目の原稿二重売り事件の年から大正三年頃までを指しそうである。してみると、「臍の胡麻」とは、臍に溜まった垢のことだから、垢落としをすることで垢とは「思ったり為たり両方」をすることではなかったろうか。つまり、小説と戯曲の両方に手を染めていたわけだが、それらの一方を選択しなければならぬと……それは腹痛になるのを覚悟の上で、「胡麻」を取り除く決断でもある。これまでは「一年」を「十二日」に削ったような、血を吐くような努力をしてきたが、その結果は「鉛筆しまひまで折れる」ことになり、非難を浴びて書けなくなったのである。「犬はさびしい時に吠える」が、そのさびしさを「石の上に五年」座り続けて耐え忍び、苦境を乗り越えることができたのである……という回想になるのではないだろうか。大正四年から十五年までの間に発表した戯曲は、八十余作に上る。昭和に入ると「坂本龍馬」や「元禄忠臣蔵」をはじめ多くの戯曲が歌舞伎座で上演されたり、映画化されて評判となる。驚くべき精力的な執筆活動で、全集を繙くと、ほとんど戯曲で埋まっているという感じがする。

青果は極端ともいうべき癇癪《かんしやく》持ちだったらしい。他に心臓の持病があって、大正七年（一九一八）に一ヶ月の入院生活をしているが、その後も昭和二年、同五年に入院。東大病院に入院した五年（一九三〇）には、〝心臓ブロック兼アダムストーク症候群〟と診断され、特殊な鎮静剤が調合されてもいる。青果五十三歳。こうした入院は青果にとって「臍の胡麻」を取った結果と言えなくもない。

そうした入院生活を記した随筆の中で、

「ある日、ある朝、暇つぶしに、
　入院にあきてホウレン草の味を知り
　うづらの卵など食って滋養になる心
　事のやうに日に四回脈とりに来る看護
　眠剤をのみて目につく壁のしみ
　もう三時ブドウパンを下さい」
「或る日、また戯れに。
　婦女界を読んで血圧どうのこの

目をつむり注射針まつ間ちょっと厳粛
二万石ぐらゐの御格式総回診
五万円さつで十貫目もありますか」

と、川柳調の個所が目についたが、掲出した「ある日戯れに」の延長かもしれない。

津軽方言詩

――石坂洋次郎

石坂洋次郎の作品に「ある詩集」という短編がある。学生時代の同期生・蔵原伸二郎の詩について記した随想であるが、「私もまねて一つだけ方言詩をつくっている」とあり、次の自分の詩を記している。

人生

ワェーー！　重《おも》でジャ
ワェーー！　重でジャ

したども
途中《とぢゆう》で投げるわげにもえがねべし
ワェー！　重でジャ！
ワェー！　重でジャ！

「私もまねて」とあるのは、蔵原の詩を真似てというのではない。津軽方言で詩作することが一時流行ったというが、それを「まねて」というのである。石坂は弘前生まれである。「ワェー！」が四度繰り返されているが、歎きの声と「私」の津軽方言「ワイ」を掛けたものであろう。題名が「人生」とあるように、生きる重さに津軽方言で悲鳴をあげているのである。同じ語句表現が四度も繰り返される。それも、「！」マークが付けられて。しかし、いくら重くても人生を投げ出すわけにはいかない。この時石坂六十六歳。『若い人』『青い山脈』『山のかなたに』『石中先生行状記』等、立て続けにベストセラー作を発表、「百万人の作家《ミリオン・ストーリー・テラー》」と言われた大家が、悲鳴をあげる様子はそぐわない。もっとも、逆に考えれば、そのこと自体が石坂の人生を重くしたと言えないでもないのだが……。この時点で、八十六歳で死去する石坂には、余命はまだ二十年もあった。

蔵原伸二郎は石坂と慶應義塾大学文科の同期生である。「陰性な性質で、在学中友人を一人ももてなかった私」と記す石坂は、当然蔵原とも友人ではない。ただ、蔵原の異風に石坂は強く牽き付けられていた。長身、肩をそびやかす歩行、細面、碧い眼の色……である。いわば全体がエキゾチックなのであった。それだけではない。島崎藤村らと親交を重ねた英文学者・戸川秋骨に英語を教わるのだが、「陰性な怠け者」の石坂がたまたま出席した日に、蔵原が指名されてリーダーを読む。「……パーゲ・ワン（Page one）……ニチョラス（Nicholas）……マガザイン（Magazine）……リオン（Lion）……バセ・ボール（Base ball）……」と読んで平然としているのである。当時石坂等文科学生は、出席も常ならず、教室の空気はだらけきっていたという。ある日とうとう、普段は温厚な戸川秋骨が、「文科の学生は、不良で低能です！」と、怒りに満ちた青白い顔で二度繰り返して言ったのだという。蔵原もそうした「不良で低能」な雰囲気を作っていた一人である。

石坂は卒業後、女学校や中学校に勤務しながら、小説を書き始めていた。蔵原も詩や小説をいろいろな雑誌に発表していたらしい。そのことは石坂も知っていて読んだようで、「うまいなとは思ったが、もう一つ心を牽きつけられるものが感じられなかった」。その蔵原が、昭和三十九年（一九六四）、詩集『岩魚』で第十六回読売文学賞を受賞する。蔵原六十五歳。ところが、授賞式の日の未明、蔵原は危篤状態に陥り、十日後に永眠したのである。白血病であったらしい。

石坂は、すでに様々な作品を発表して、「流行作家という軽薄なようなレッテルをはられて、作家の生活をずうっとつづけて」いた。上京して借家住まいをしていた頃、蔵原が二度ほど訪ねて来たらしい。しかし、「人と交われない陰性な人間である」石坂が蔵原と「話がはずまなかった」のは当然である。それでも、距離をおいてはいても、風変わりな蔵原は石坂にとって一種の友人だったのである。つまりは、弘前生まれの陰性な石坂にはとうてい及ばない野放図さ、明朗さを蔵原が持っていたということである。そのことは、「陰性な」石坂の作品が、例えば『青い山脈』が代表するような青春の明るさに結び付いたと思われる。陰性が陽性に牽かれるということであろう。

石坂が蔵原の遺族にお悔やみ状をを書いて送ると、『岩魚』が贈られてきた。ある晩、それを読みだして、「背中をどやされるようなショックに打たれた」のだった。巻頭に収められている六篇の「きつね」の詩を読んだのである。ここには、石坂が感動した一篇だけを挙げてみる。

きつね

狐は知っている
この日当りのいい枯野に

自分が一人しかいないのを
それ故に自分が野原の一部分であり
全体であるのを
風になることも　枯草になることも
そうしてひとすじの光にさえなることも
狐いろした枯野の中で
まるで　あるかないかの
影のような存在であることも知っている
まるで風のように走ることも　光よりも早く
　走ることもしっている
それ故に　じぶんの姿は誰れにも見えない
　のだと思っている
見えないものが　考えながら走っている
考えだけが走っている
いつのまにか枯野に昼の月が出ていた

これら一連の詩を読んだ石坂は、興奮に取りつかれてしまう。そして学生時代の蔵原を思いだし、呼び掛けるのである。「ニチョラスの蔵原君！　バセ・ボールの蔵原君！」「ブラボウ！」と叫びかけ、さらに別の詩の一節「すべてが失敗と悔恨の歴史だ」という心情の吐露に牽かれる。この「大いなる絶望感」こそ蔵原の詩が「天に記録されるポイント」だと喝破する。蔵原は確かな足跡を残して世を去ったのだと確信する一方、自分は「何物も残さず消え去る」と考え、「私にはそれがいちばんふさわしい生き方なのだろう」とも思う。著名な作品を多数発表し、「百万人の作家」と言われた作家の言葉とは思えない。ただそのように意識したのは蔵原の詩を読んだからということになる。石坂はこう記す。「蔵原と私とでは、人生の受けとり方が、軽いのと重いのと、上向きなのと下向きなのと対照的なようだが、彼が明るい南国の熊本の生れであり、私は暗い北国の津軽の生れであるせいなのかも知れない」。この文脈は、「蔵原」「軽い」「上向き」「明るい南国の熊本」に対して「私」「重い」「下向き」「暗い北国の津軽」と対句的になる。つまり、明るい南国出身ゆえに、蔵原は人生の暗さを覗きこんでいて、逆に暗い北国の生まれゆえに自分は人生を明るく軽く見ているのだ、というのであろう。そう考えれば、『青い山脈』や『山のかなたに』等の大衆的な笑いが理解できよう。陽性と陰性とが、互いに逆方向へ働いて作品を作り出したということになろうか。いきおい石坂には、作品内容が軽いものだという認識が付きまとっていた。「私の作品は、いわゆる中間小説とよばれる、真実性よりも娯楽性の要素が多い作品なので、私が死ねば―死なないまでも、老衰して書けなくなれば、あっという間に作者も作品も色があせて、世間から忘れられてしまう性質のものだ」と思う一方、「真実に徹した作品ばかりを書くとすれば、人生はうっとうしくてやりきれないだろう」とも言う。石坂はそうした葛藤の中で「人生」、すなわち作家生活を生きていたことになる。この「ある詩集」が書かれた昭和四十一年の日本人男性の平均寿命が六十八歳とある。当時六十六歳だった石坂としては、平均に近い。いわば、人生の一区切りといえようか。実際は八十六歳で亡くなるけれど。この時期、蔵原の詩の「狐」が、孤独で存在も不確かなのだが、「風」にも「枯草」にも「光」にさえもなれる存在だと詠われた時、そのひたすらな命懸けに石坂は感嘆したのに違いない。だからこの詩は、「天にしるされた文字」であり、「いつまでも消えない文字」だと叫ぶ。それに反して自分の書いたものは、「青空にひととき浮ぶ白いちぎれ雲」であり、「跡形もなく消えてしまうものばかりだ」と自嘲めく。こうした前提のもとに書かれた詩が「人生」ということになる。「ワェー！重でジャ！」と叫ぶ六十六歳の作家は、書き続ける内容の葛藤に思い悩んでいたのだと思われる。自分の作品を「跡形もなく消えてしまうものばかりだ」と思う時、それは自分自身を消してしまうことになるからである。蔵原が、「いつまでも消えない文字」を残して自分より早くこの世を去った人生と、生き残ってなお書き続ける人生……。「これからの私はどんな作品を書いていけばいいのか、そういうことにもねちっこい迷いが生じた。（略）現在の立場にペタリと胡坐をかいて、いままでどおりの毒にも薬にもならない、それゆえに毒になっているかも知れない娯楽作品を書きつづけるのが分相応だ」とも記して、その葛藤は深い。まさに、「ワェー！　重でジャ！」だった。

なお、その四年前に石坂は胆嚢炎を再発して手術をしたという健康上の不安があった。さらにその翌年には、うら子夫人がリューマチを患い、長く入院して治療を受けてもいる。この方言詩は海岸に近い馴染みの旅館で書かれたが、この時夫人も一緒に滞在している。ただ歩行が不能なので看護婦が付き添っている。こうした、自分や妻の健康事情も「人生」の重さを倍加させていたのではないだろうか。

石坂洋次郎の津軽方言詩を読んだら、蔵原伸二郎は何と言うだろうか。これに応える熊本方言詩を妄想してみるのも面白そうである。

艶な風情の世界で

——泉　鏡花

裏木戸《うらきど》
花《はな》の雫《しづく》に
白粉《おしろい》を、
解《と》く黒髪《くろかみ》や湯上《ゆあが》りの、
雨《あめ》の小窓《こまど》の
　夕化粧《ゆふげしよう》。
白歯《しらは》で噛《か》んだ紅猪口《べにちよく》や、
覗《のぞ》く柳《やなぎ》にことづけて、

合図《あいづ》の音《おと》も
二《ふた》つもじ、
こいというたは
裏木戸《うらきど》の、
首尾《しゅび》も、
よいよい、よいとさ。

泉鏡花全集（岩波書店発行）には、詩というジャンルはなく、唄として編まれている。数は二十篇足らず、その中の一篇を掲げてみた。最終行「よいよい、よいとさ。」となると、なるほど唄ということになろう。七音五音の繰り返しだから、七五調八行詩と捉えることもできる。唄というとき、「木戸」ではなく「裏木戸」という題に、隠微な企みを感じ取ることになる。裏の出入り口だからである。つまり男女の忍び逢いだが、それは「白粉」「解く黒髪や湯上り」「夕化粧」「紅猪口」などに、花街的な雰囲気が充分表れている。さしずめ艶歌ならぬ艶唄といった趣であろうか。こうした内容を唄うには相応の見聞や体験が必要であろう。これは大正三年五月、演芸場番組の一つとして作られたようなので、鏡花四十一歳。

泉鏡花は明治六年（一八七三）、金沢市に生まれている。本名、鏡太郎。父は彫金師だったが、母は江戸下谷生まれで、葛野流大鼓師《かどのおおかわ》の娘であり、宝生流シテ方の妹なのである。主役と鼓《つづみ》の演技の違いはあっても、ともに能楽に携わっている家族である。もっとも、金沢は加賀藩時代から、藩主が能楽を保護し、特に宝生流を取り入れていた。しかも諸工人がシテ以外の三役を習得したという伝統もある。父の清次は工人の彫金師である。母の鈴は、慶応四年（一八六八）に金沢へ移住していたという。鈴は美形であった。となると、立ち居振る舞いなど幼少時から長男の鏡花は母の影響を受けたであろう。その母が、四人目の子供を出産後、産褥熱のため死去した。二十八歳。鏡花九歳。この母の死が、鏡花の文学的生涯に決定的な影響をもたらしたといわれる。生まれた次女はすぐに他家にもらわれている。父は翌年三十八歳の後妻を迎えているが、わずか一年で離縁した。長男の鏡花がなじまなかったためというが、鏡花からすれば、亡母を忘れることはできなかったはずである。鏡花から見る女の像は、亡母を透かして見ていたのではなかろうか。十歳前後の少年である。おそらく、繊細で鋭敏な感覚が育っていたろうと考えられる。ただ、生活上、家計が苦しくなっていたのであろうか、その前後、妹の長女も離籍して他家の養女になっている。

十一歳の時、金沢区高等小学校に入学した後、真愛学校（後の北陸英和学校）に転じて、アメリカ人校長ボートルの妹に愛されたという。また近所の時計店の娘や親戚の娘と親しみ、この三人と亡母とが鏡花文学の女性像の原型となったといわれる。この時期は、いわば鏡花の思春期であったろう。同時にこの年、父親と同行した先の石川郡松任《まつとう》にある行善寺で、摩耶夫人像を拝して亡母思慕の念を強くしている。摩耶夫人とは釈尊の母。鏡花は以後摩耶夫人信仰を持ち続けるのである。思春期時代、鏡花はこうした女性像に接しながら、自分の女性像を形成していったのではなかろうか。

十五歳の時、第四高等中学校受験に失敗してからは、尾崎紅葉作品に没頭したようで、十八歳の時紅葉宅を訪問、入門を許可され、玄関番として住み込んでいる。その三年後、父親が病没すると一家が貧窮、しばしば自殺を考えたようである。帰郷していた鏡花は、何篇かの習作を紅葉に送り、祖母と弟を残して上京してしまう。紅葉宅から小石川の博文館主人宅へ移り、博文館の編集の仕事に携わりながら生計を立て、かたわら作品を発表、文壇に進出している。紅葉の激励が続いていた。鏡花にとって紅葉は大恩人ということになる。そうした中での、硯友社の新年宴会で神楽坂の芸妓桃太郎（本名伊藤すゞ）に出会う。鏡花二十六歳。四年後に鏡花は神楽坂に転居してすゞを落籍、同棲することになる。しかしこれが紅葉の怒りに触れ、いったん離別。その年、紅葉が三十六歳で死去してしまうと、二人は結婚する。鏡花三十歳。こうした経歴を見ると、鏡花が唄に筆を執ったのも頷けるのである。加賀藩伝統の能楽、母親の家系、母親の美貌とそのしぐさ、芸妓だった妻の花街に関する知識などなど……。洒脱で、色街的な風情が鏡花に染みていったのではなかろうか。

この詩、「花の雫」とは桜の散る花びらとも思えるが、四行目に「雨の小窓」とあるので、花びらを伝わる雨の雫であろう。「解く黒髪」の「とく」は、「白粉」を溶くと髪を梳くと掛けているのであろう。白粉は長年、塩基性炭酸鉛という鉛白が使用されていたが、有害のため昭和五年（一九三〇）に使用禁止となった。女は、盃型の紅入れ容器で口紅をつけながら、目の前の柳に男への伝言を頼む。伝言とは合図の音。それは柳を二度叩くこと。「二つもじ」とは「こ」のことである。「徒然草」に「ふたつ文字、牛の角文字、直《す》ぐな文字、歪《ゆが》み文字とぞ君は覚ゆる」（六二段）とあるのはよく知られている。「牛の角文字」とは「い」、「直ぐな文字」は「し」、「歪み文字」は「く」。これらの謎文字を並べると「こいしく」。徒然草では、後嵯峨天皇の皇女、悦子内親王が幼少時に父親に宛てた言伝《ことづて》の歌として紹介されている。ただ、「恋」は当時「こひ」だったので、「牛の角文字」は「ひ」という説もあるけれど。いずれにしても、ここは子供から親への心情であり、成人男女の恋心ではない。それはともかく、この詩での「二つもじ」とは、「こ」だけではあるまい。合図の二つの音も指すのではないか。同時に、次の行に「こいというたは」とあるので、「こい」（来い）を掛けているものと思われる。徒然草式に当てはめると、「二つもじ」は「こ」だけになって不明になってしまう。文字通り、二つの文字「来い」と考えれば、その後の「裏木戸の首尾もよい」、すなわち戸口が開いているから入ってくるのに都合がいいですよ、とつながる。

また、五行目に「夕化粧」とあるが、忍ぶ風情としては「夕」が相応しかったであろう。鏡花は「夕」を好んでいたようである。例えば「ゆふ月《づき》」という唄もある。

白《しろ》い蝶々《てふてふ》が、姫百合《ひめゆり》に、
　紅筆《べにふで》そめて、恋《こひ》とかく。
うそか、実《まこと》か、
　夕月夜《ゆふづきよ》、
どうなと
　露《つゆ》に寐《ね》たがよい。

七五調四行詩といえそうだが、六行にして、書き出しを空けたりしている所に唄のスタイルがあり、唄の響きとか楽器の音色の余韻が漂っている。そして夕月夜の中で、白い蝶々と真っ赤な姫百合が対照的な色彩を展開する。白い蝶々が赤い花粉に塗《まみ》れて飛び回ると、恋（戀）の字になる。「紅筆そめて恋とかく」とはそういう風情であろう。この時鏡花の頭には、「夏の野の茂みに咲ける姫百合の知らえぬ恋は苦しきものぞ」（大伴坂上郎女の歌一首）という万葉集の和歌が浮かんでいたのではないか。しかしこうした恋は儚い。「露」は消えやすく儚いものであり、涙にも例えられる。鏡花は「わが袖は草の庵にあらねども暮るれば露の宿りなりけり」（「伊勢物語」）という歌も思い起こしていたのかもしれない。こうした花街・色町的風情の唄に、鏡花の骨頂《こっちょう》を感じるのである。

なお鏡花は、二百余の俳句を残しているが、以上記してきたような風情を思わせる句を参考までに抜き出してみる。

爪紅《つまべに》の雪を染めたる若菜かな
恋人と書院に語る雪解《ゆきげ》かな
紅閨《こうけい》に簪《かざし》落ちたり夜半《よは》の春

などはどうであろう。

また、「夕」を詠んだものとして、

紫の映山紅《つゝじ》となりぬ夕月夜
撫子《なでしこ》の根に寄る水や夕河原

などがある。

「希望」の意味

——土井晩翠

希望

沖の汐風吹きあれて
白波いたくほゆるとき、
夕月波にしづむとき、
黒闇《くらやみ》よもを襲ふとき、
空のあなたにわが舟を
導く星の光あり。

ながき我世の夢さめて
むくろの土に返るとき、
心のなやみ終るとき、
罪のほだしの解くるとき、
墓のあなたに我魂《たま》を
導びく神の御声《みこゑ》あり。

嘆き、わづらひ、くるしみの
海にいのちの舟うけて
夢にも泣くか塵《ちり》の子よ、
浮世の波の仇騒ぎ
雨風いかにあらぶとも
忍べ、とこよの花にほふ——

港入江の春告げて、
流るゝ川に言葉《ことば》あり、

燃ゆる焔《ほのほ》に思想《おもひ》あり、
空行く雲に啓示《さとし》あり、
夜半《よは》の嵐に諫誡《いさめ》あり、
人の心に希望《のぞみ》あり。

（「日本の詩歌」中央公論社）

これは、晩翠の第一詩集『天地有情』の巻頭に置かれている詩である。詩集自体は、明治三十二年（一八九九）四月に発行されたが、この詩「希望」はその二年前、三十年二月十日発行の「帝国文学」に発表されている。晩翠二十六歳。

この希望の発想の元はどこにあったのだろうか。希望は作者自らへの励ましだったのだろうか。それとも落胆・絶望にうちひしがれている他者への発信だったのだろうか。

詩四連全体からすれば、起承転結の構成である。海と舟で人生行路を例えながら、第一連の希望は舟を導く星であり、第二連では終えた人生を導く神の御声である。転に当たる第三連はそれまでの対句表現を外し、「とこよ」へと導こうとする。「とこよ」とは、『古事記』では、黄泉《よみ》の国を表わしていたりするが、『万葉集』では不老不死の理想郷の歌として詠まれていたりする。結となる第四連では、結局は、「嘆き、わづらひ、くるしみの海」に「うけ」（浮け）た舟は無事航行して港へ入ることになる。ここでは再び対句的表現が連続する。「言葉」「思想」「啓示」「諫誡」、それから最後に「希望」がある。「流るる川」からは、「歳月は流るる如し」の「言葉」を連想、「燃ゆる焔」とは「思想」であろうし、「空行く雲」は「行雲流水」の「啓示」であろうか。そして、「夜半の嵐」とは親鸞作といわれる「明日ありと思ふ心の仇桜夜半に嵐の吹かぬものかは」の「諫誡」であろうか。これらを踏まえた上で、「人の心に希望《のぞみ》」が湧くのである。「希」とは「まれ」だから、めったにない、まれな望みが「希望」である。簡単に手に入るものではない。手に入れるためには、命がけの努力が必要であろう。教訓風に閉じられているが、人生を大きく捉えるとなると、どうしても宗教的になってこよう。「神の御声」「啓示」等は基督教表現である。

詩集名『天地有情』の「有情」は仏教語で、仏教語辞典(平凡社)によれば、生存する者の意味に解され、感覚を持つ生き物を「有情」というのだという。したがって、山・川・草木・大地などは「非情」ということである。しかし、天地有情となると、天も地も非情ではなくなる。

この「希望」より先に作られた詩、というより晩翠が初めて作った詩として、「紅葉青山水急流」「枯柳」の二詩がある。ともに明治二十九年十二月号の「帝国文学」に発表されている。「希望」は「造化妙工」とともに、翌三十年二月号に載ったものである。ところが『天地有情』には、「紅葉青山水急流」「枯柳」「造化妙工」の順に、三十四番目~三十六番目に置かれているのに対し、「希望」は巻頭を飾っている。この配列に、晩翠の狙いが感じられてならない。しかも、きわめて、宗教的な、基督教的・仏教的な意図を感じさせられる。

実は、この詩の発表約半年前、二十九年六月十五日午後七時三十一分、三陸地方に地震が発生、約三十分後大津波が襲来した。いわゆる、明治三陸大津波。三陸とは、陸奥・陸中・陸前で、三陸の呼称はこの災害以後に一般的に使用されるようになったらしい。死者は二万六千人を越えている。晩翠の故郷は仙台だが、この時期晩翠は東京帝国大学英文科の学生であり、「帝国文学」の編集委員であった。二十五歳。

この年九月、島崎藤村は仙台の東北学院に教師として赴任、荒浜（深沼）で泳いでもいる。その荒浜の海の音が、夜になると仙台の下宿先まで聞こえ、それを主題にして「潮音」の詩を詠んだ。藤村二十四歳。正岡子規は、「三陸海嘯」「東北地震」の二詩を残している。彼は二十六年に、約一ヶ月間東北を旅行、塩釜や松島を旅した。仙台にも五日間逗留、紀行文『はて知らずの記』を発表。二十九歳。他にも、著名な詩人が三陸大津波を詩作しているかも知れないが、寡聞にして筆者の管見には入っていない。そして藤村も子規も東北人ではないのである。

ただこの時期の詩といえば、漢詩中心である。それも相応の知識人の産物である。教育の義務年限が定められたのが明治十九年（一八八六）で、それも小学校四年間。一般人は漢詩とは縁が遠かった。したがって新体詩は始まったばかりで、晩翠自身、『天地有情』の序に「思ふに所謂《いわゆる》新体詩の世に出でゝより僅《わずか》に十数年」と記している。同序は「『或は人を天上に揚げ或は天を此土に下す』と詩の理想は即是也《すなわちこれなり》。詩は閑人《ひまじん》（ひまな人）の囈語《げいご》（寝言・たわごと）に非《あら》ず、彫虫篆刻《ちようちゆうてんこく》（虫を彫ったような彫り物）の末技《まつぎ》（未熟なわざ）に非ず」（読み・意味は筆者）と書き出されているが、晩翠の並々ならない意欲・詩への思いが語られている。人を天上に舞い上がらせるほどの、或いは天上が地上に落ちてくるのではないかと思うほどの感動を与えることを詩の理想としたのである。まさに「天地有情」。下手な彫り物を見るのとは違うのである。これを考えれば、『天地有情』をどれほどの意気込みで出版したのか、晩翠の熱情が伝わってこよう。実際、二歳年下の与謝野鉄幹は、「帝国文学」に載った晩翠の「夕の思ひ」など三篇を読み、「小生を以て見れば、羽衣（注・武島羽衣）はまだ藤村の敵にあらず、而して藤村は未だ晩翠の敵にあらざる也、『破鐘の響』一篇、優に今の新体詩壇を睨視《げいし》すべき晩翠その人の技倆《ぎりよう》を見るに足らむ」と最大級に賛辞を呈し、「希望と造化妙工とは異様の格律と新音の思想と云ふを以て迎へられぬ」（「反省雑誌」）と評した。藤村を晩翠の下位に置いている。鉄幹の好みもあろうが、晩翠の大変な魔力に引き寄せられているのが分かる。鉄幹・晩翠の蜜月である。

鉄幹は「希望」を「異様の格律と新音の思想」と評した。

藤村の『若菜集』は明治三十年（一八九七）八月に刊行され、圧倒的に七五調表現が占めている。晩翠の詩も七五調なので、藤村が先行している以上、目新しいものではない。ただ、対句表現と漢語の多用が漢詩的な表現となり、鉄幹はそれを「異様の格律」と評したのであろうか。格律とは、きまり・法則のことである。「異様の格律と新音の思想」と評された「希望」こそ、大津波被災者たちへの「希望」を鼓舞していたと考えられないだろうか。

ところで、「希望」より先に「帝国文学」に発表された詩「枯柳」は二連までであるが、『天地有情』に収められた同詩は第二連が削除されている。第二連を原文のまま掲げてみる。

㈡ 望の　光　失ひて
残る　此世の　人の　霊魂《タマ》
「溶《と》けぬ」骸《むく》は　つらくとも
しばしは　忍べ　程もなく
こけむす　土に　掩はせむ
涙の谷に　音づれて
すさぶも　すごし　冥土《ヨミ》の風

ルビが平仮名・片仮名両用されているが、「骸」のルビは、「むくろ」であろう。それはともかく、なぜこの第二連が外されたのだろうか。内容としては、この連にこそ津波被災を詠んだ晩翠の気持ちを感じるのだが、生者への忍耐を強いていると考えたのだろうか。一行目の「望の光失ひて」の表現も相応しくないと思ったかもしれない。あるいは、「希望」と二重になるのを避けたとも考えられる。ともかく、この第二連を削除して、しかも、詩集の三十五番目に置いたのである。

東大在学中だったにせよ、三陸大津波の報は、仙台出身の晩翠に衝撃を与えないはずはない。読者へ、そして大津波被害死亡者・不明者への哀悼、また被災者・遺族への慰めとして、「希望」を詩作したのではないだろうか。それを詩集の巻頭に置くことで、大災害による絶望からの回復・復興を願望したのではないだろうか。

もう一つ気になるのは、「希望」が発表された「帝国文学」の扉に、「謹み畏みて／皇太后陛下の崩御を哀悼し奉る／帝国文学会会員一同」と大きな文字で記されていることである。「帝国文学」発行一ヶ月前の一月十一日、明治天皇の嫡母《ちやくぼ》である英照皇太后が崩御。このことを考えると、晩翠は、帝国文学会会員の一人として、皇太后陛下への哀悼も含めて詠んだものとも思いたいのである。

突風に攫われる

――有島武郎

思ひ

美しい画を集めた書物から落ちて
突風にさらはれた二ひらの落丁。
一つは高く、
一つは低く、
見かはしながら、
見失ひながら、
また遥かに見かはしながら、

乱れつゝ、散る。　　（四月二日）

大正十二年（一九二三）四月に発行された有島武郎の個人雑誌「泉」に発表したもの。この時有島は四十五歳。この詩には次のような異稿もあり、『泉谷遺墨集』にコピーされている。

美しい画の書物から落ちて
突風にさらはれた
二枚の落丁
一つは高く一つは低く
見かはしなから
見失ひなから
又はるかに見かはしなから
乱れ散る

有島が、父が残した書画をはじめロダンのデッサンの複製その他「絵や写真なども芸術的に可なり苦心して集めたもの」を、前年の十二月に手放したいと決意していた。そして借家生活をしたいと記している（『無産者』武郎へ」）。そうした思いも前提にして作られたのだろうか。

詩中、「落丁」とは製本から抜け落ちたページのことである。美しい絵の画集から二枚のページが抜け落ち、突風に煽られて一枚は高く、一枚は低く舞い飛んでいる。書物が落ちたせいで落丁したのではなく、書物から落ちたという。とすると、製本者の不注意ということになるだろうか。あるいは、はじめから二枚だけを閉じていなかったとすれば、きわめて意味深長である。「見かはしながら」という擬人法から、二枚の画は肖像画であろうか。そしてこの表現は二度繰り返される。それはこの詩の強調ポイントであろうから、テーマと言ってよいだろう。するとこの二枚が、どうして落丁したのか気になってしまう。しかもそれが突風に「さらはれ」るのである。「さらう」とは人の油断を見て奪い去ることである。落ちた落丁が、やはり擬人化された「突風」に意識的に「さらはれた」ことになる。当然攫《さら》われた二枚は、「見かはしながら」空中を舞うことになろう。しかしどうにもならず「乱れつ、散る」。異稿の「乱れ散る」よりは、「つ、」の表現に反復・継続の時間がある。いずれにしても不幸を予兆させる比喩としての突風や二枚の画が、読む者を落ち着かせないのである。

この詩が発表される前、大正十年前後の社会情勢を、手元の総合年表（『近代日本総合年表』岩波書店）で探ってみる。

○九年（一九二〇）……五月十六日、メーデー参加組合、労働組合同盟会を結成。
○十年（一九二一）……二月二十一日、北海道蜂須賀農場の小作人一五〇人余、小作料減額を要求して事務所襲撃。五月九日、日本社会主義同盟第二回大会開催。十二月二十六日、東京南多摩郡小宮村の小作人五十人余、小作料三割減を要求し小作地返還。
○十一年（一九二二）……二月二十三日、北海道神楽村御料地の小作人三〇〇人、親小作の廃止、小作料軽減要求。

どうしてこれらの事項を拾いあげたかというと、当時有島武郎が狩太《かりぶと》農場を所有していたことと関連があると思えるからである。有島自身が取得したのではなく、父親の武が開いたものであり、子供が食いはぐれないようにという考えに基づいたものらしい。場所は北海道の旧狩太町。現在のニセコ町で倶知安《くっちゃん》町の隣に位置する。およそ四五〇町歩の面積というから、4,455,000㎡（一三五万坪）。広大な農場だが、五〇〇町歩までは無償で貸付されたという。有島は学習院中等科を卒業した後、札幌農学校に進んでいる。農学校を卒業する二年前から、父が農場を経営していた。その父が大正五年（一九一六）に死去した後は武郎が引き継いでいた。

有島は明治三十六年から四十年までアメリカに留学している。二十五歳から二十九歳まで。この時、クロポトキンの著作に親しみ、「物の所有といふことに疑問を抱」（「農場開放顛末」）くようになる。そして「親子の間に私有財産が存在するといふことが常に一つの圧迫と」（同）なる。なにしろ有島は有数の資産家である。狩太農場とは別に、有島の邸宅は「総坪数千百九十坪、樹木の多い壮麗な庭園を有し建坪二百坪間数は西洋間とも廿五間で、外に二百七十坪ばかりの貸家その他の付属建物が付いてゐて、時価少なくとも五十万円」（読売新聞）と報道されていた。これらは薩摩島津氏の一支族で、大蔵官僚から実業家に転進した父、武の遺産であるが、武郎は苦しむことになる。社会主義や共産主義運動が勃興し始めた社会情勢の中で、「私は第四階級以外の階級に生まれ、育ち、教育を受けた。（略）したがって私の仕事は第四階級以外の人々に訴える仕事として終始するほかはあるまい」（十一年一月「宣言一つ」）と、まさに宣言したのである。第四階級とは無産階級・労働者階級をいう。この「宣言一つ」が発表されると、広津和郎をはじめ、堺利彦・河上肇等の批判を浴びた。そうした中で有島は狩太農場の解放を決意していく。有島は小作人の生活の立場を理解していた。解放のことは当然母親や兄弟にも相談する。母には泣き出され、弟妹たちは再度集まりを持つが、有島は「僕の知ったことではない」と居座る。

その当時の苦衷を、「私自身が何等労働するの結果でもなく小作人から労働の結果を搾取する事は私の良心をどうしても満足せしめる事が出来なかった。で其の結果は私の文芸上の作品を大変に汚す事になり自己矛盾に陥って苦んで来たので」「私は自分の正しい文芸的労働の結果に其の生活の根底を有して居る」（「狩太農場の解放」）と記す。前記したように、北海道やその他の地での相次ぐ小作人問題の勃発が大いに影響したものと考えられる。

「私有財産としてこの農場からの収益は決して私が収める筈のものではない。小作料は貴君方自身の懐にいれてどうか仲よくやっていって貰いたい」（「農場開放顛末」）と、有島が農場内に小作人一同を集めて、農場解放（無償譲渡）を宣言したのは十一年七月十八日午後二時とある。こうした解放には、他の地主たちの抵抗・反発・誹謗などが渦巻いたようだが、「地主を困らせる為めに行った土地解放ではないから地主に同情はするが疚しい点はない」「土地解放は決して自ら尊敬されたり仁人を気取る為めの行動ではなく自分の良心を満足せしむる為めの已むを得ない一の出来事であった事を諒解して欲しい」（「狩太農場の解放」）と信念を貫いている。武者小路実篤等の白樺派に所属していた思想も働いていたであろう。農場を解放した後、十二年の三月上旬には、四谷南寺町に家賃七十五円の借家を借りて仕事場とした。ただ母親と暮らしていたので、転居までには至っていない。だが彼の言う「実生活の改革」への一歩だったに違いない。一方、こうした有産階級が崩壊していく過程で、滅びの心情が醸し出されていったのではないだろうか。もっとも、札幌農学校で知り合い、男色関係にまで発展するほど濃密な付き合いをした友人の宗教的悩みを救うため、身代わりに自殺しようとした時期があった。そういう意味では、若い頃から死への接近を受け入れやすい心情を持ち続けていたとも言えよう。

ところでこうした資産を巡る苦悩に心痛していた十一年九月、ロシアの舞踊団が帝劇で「瀕死の白鳥」を公演していた。有島も観劇しているが、その時、席が前後した波多野秋子と邂逅している。秋子は「婦人公論」の美貌記者として知られていた。キャリアウーマンのはしりといえるだろう。そうした積極性から、秋子のほうから手紙を出し、やがてやり取りを経て親しくなっていくのである。当然原稿の依頼にも訪れている。

有島は眉目秀麗。中等部時代、中年の未亡人に挑まれたことがあったと言われる。三十八歳の時、二十七歳の妻を肺結核で亡くしている。それ以来独身を続けた。「純粋にして潔癖な愛」の体現者と見られ、女性ファンが多かったという。

有島は、「秋子は相当な家庭に生まれたんだ」と、友人、足助素一《あすかそいち》に語っているが、出自は不明で、新橋芸者の庶子とも言われる。英語塾経営者の波多野春房と十八歳で結婚。夫の学費提供により、女子学院英文科、青山学院英文科を卒業している。いわば、少女のまま波多野春房に囲われ、籠の鳥のようでもあった。それが記者となり、視野が開け、有島と出会うことになった。それにしても、夫や有島とは十五歳も隔たりがあるが、庶子だとすれば、父の愛に飢えていたとも思われ、歳の隔たった男性に惹かれたのかもしれない。

有島武郎全集に、秋子宛書簡が十二年三月十七日付の一通だけあるが、それは「愛人としてあなたとおつき合ひする事を断念する」知らせである。が、末尾の方に、「私の恋愛生活は恐らく是れが最後ではないかと思ひます。この次ぎに若し来るとしたらそれは**恋愛と死との堅い結婚**であるでせう。」（太字筆者）とある。そして断りの書簡を出したにもかかわらず、秋子との付き合いは続いた。それは「恋愛と死との堅い結婚」を意味したのである。

この詩の「二ひらの落丁」とは、有島と秋子を暗示しているのではないだろうか。二人の行く末を予兆したのであろう。つまり「見かはしながら」「乱れつゝ散る」のである。この詩作以後については、周知のことながら簡単に付記してみる。

大正十二年（一九二三）六月九日午前二時過ぎ、軽井沢の別荘浄月荘で、有島武郎・波多野秋子ともに伊達巻使用の縊死《いし》。

六月九日付、足助素一宛書簡…「山荘の夜は一時を過ぎた」「私達ハ長い路を歩いたので濡れそぼちながら最後のいとなみをしてゐる」「愛の前に死がかくまで無力なものだとは此瞬間まで思ハなかった」「恐らく私達の死骸ハ腐爛して発見されるだらう」…遺書であろう。足助は農学校時代の有島の友人で、叢文閣という出版社を興し、有島の作品を発行している。

同日付、森本厚吉宛書簡…「私達ハ愛之絶頂に於る死を迎へる」「六月九日午前二時」…遺書であろう。森本は農学校時代濃密な付き合いをした有島の友人で、クリスチャン。北海道帝国大学農科大教授などを歴任している。

七月六日、管理人により遺骸発見。ほぼ一ヶ月経過のため、身元が分からないほどの腐乱状態。

（斎藤茂吉歌「有島武郎《ありしまたけを》氏なども美女《びじょ》と心中して二つの死体《したい》が腐敗《ふはい》してぶらさがりけり」昭和二十六年『石泉』）

ところで有島は、六月八日の夜、列車の中で波多野春房宛書簡を認《したた》めている。その中に、「私達は遂に自然の大きな手で易々とかうまでさらはれてしまひました」とある。自然の大きな手に攫《さら》われたというのである。掲げた詩は死ぬ二ヶ月前に詠まれたものだが、「突風」とは「自然の大きな手」、つまりは二人の間に自然に発露した愛情を指していたのかも知れない。なにしろ、二人が付き合い始めて、一年にもなっていない。とすれば、有島にとってそれは「突風」だったのではないだろうか。

恋と実践と

――鳳（与謝野）晶子

まぼろし

ともしび危し
河風おほはむ
紫の袖
そがひを許せ暫し
ともし火ようなし
鬢いとへとや

君その小指《をゆび》
かりに労をとれな

あな消えぬともし火
君いづこ
またも風
ちらば恨みむ情《なさけ》の歌

御手か君ゆるせ
あつきは何とや
わかき唇
君われ切《せつ》な

わが魂《たま》あな君
変化《へんげ》今
奪ひ去《い》なんぞ

ともし火よばむ
河づらの宿

初出は「人そゞろ」の題で、明治三十四年（一九〇一）一月詩作。「明星」十号に、鳳晶子として掲載されているものである。ただこの詩は、『晶子詩篇全集』には収録されず、〈拾遺〉として『与謝野晶子全集』に収められているもの。詩作時の晶子は二十三歳。あまりにも知られた晶子について、すなわちその熱情に関しては、いまさら述べる余地はないかも知れない。それにしても、この詩もかなり直截的な官能表現といえよう。

この時代のともし火は、座敷行灯《あんどん》であろうか。油皿に藺草《いぐさ》の芯や綿糸で作った灯心を入れて点火するものである。木などの框《わく》に風除けの紙を張った火袋の中に灯すが、それでも風が入り込む。詩人は、「君」と呼ぶ相手と共に、河風の吹いて来る場所の部屋にいる。「そがひ」とは背中合わせのこと。「君」に背中を向け、「紫の袖」から腕を抜いて横たわる。そうなれば「ともし火」は必要ないが、「君」と向き合う。「君」は小指で鬢髪を愛しむように撫で続ける。鬢を大事にいたわりなさいとでも言うように。その愛撫が長い刻を重ねるので、ちょっとは休んで小指の疲れを取っていいのですよ……とその時、ともし火は消え、暗闇が襲ってくる。「君」の顔は見えないが、二つの身体が蠢く。官能の世界に沈んでいくのである。風とは二人の動きでもあろうか……。

四連、五連に至っては、言葉の連続にならず、単語をやっと繋いでいるような表現である。いわば、感極まっている情況といえようか。例えば若く燃える唇を交したため「君われ切な」。形容詞「切なし」の語幹だけの表現でいっそう切なさが強まるから、「君」も「われ」も一体化するほどである。その一体感、同体感が言葉を失わせる。「わが魂あな君」では喘ぐ声さえ聞こえてくる。「君われ切な」では、「君」が先で「われ」は後であるが、「わが魂あな君」では「わ」（我）が先になり「君」が後になるという逆転表現である。つまりそこで「変化」してしまう。「変化《へんげ》」には化け物・妖怪という意味もあるが、ここでは主体と客体とが変化、すなわち入れ替わったということであろう。「君」と「われ」がどちらがどうなのか判らなくなっているのである。前半では、ともし火が消えていたが、ここではともし火を呼ぼうとする。目の前の「君」を奪い去るために確かめたいのである。この二人の結びつきが散るようなことがあればきっと恨んでやる心情。「河づらの宿」とは「辻野旅館」であろう。琵琶湖疏水が流れている畔である。ここでまさに「まぼろし」のような境地に浸る。したがって、「ちらば恨みむ情の歌」の心情にもなるのだが、結婚前の情景なのである。

晶子の短歌は十七歳の時、「文芸倶楽部」に掲載された一首が、最も古い作品という。この後、「堺敷島会」に入会してその機関誌に短歌を発表し続けている。明治三十一年（一八九八）四月十日の「読売新聞」で、二十歳の晶子は初めて与謝野鉄幹の短歌を知った。鉄幹は既に『東西南北』

『天地玄黄』二冊の詩歌集を刊行していた。新聞紙上の鉄幹の短歌に触れ、その作風に刺激を受けた晶子は、新しい歌を詠む意欲を起こしたという。三十三年（一九〇〇）四月になると、鉄幹は東京新詩社の機関誌「明星」を創刊。晶子は新詩社社友として加わる。この後の二人の接近が急展開していく。

晶子は大阪の堺に生まれて生活しているわけだが、その八月、講演のため来阪した鉄幹を乳母と共にその宿舎、北浜の「平井旅館」に訪問している。その翌日、堺支会の人達が鉄幹を招いて、浜寺で歌莚《かえん》を開催、晶子は山川登美子らと出席した。さらに、浜寺公園・住吉大社等に遊んでいる。十一月になると、鉄幹に誘われ、晶子は登美子と共に京都へ行った。鉄幹すなわち与謝野寛は京都の岡崎村にある西本願寺派願成寺に生まれていて、この時二十七歳。前年、鉄幹は同棲していた浅田信子《さだこ》と離別、林滝野と同棲していた。信子も滝野も、鉄幹が教鞭を執っていた徳山女学校の教え子である。京都を訪れた晶子と登美子は、永観堂（禅林寺）の紅葉を賞《め》でた後、鉄幹と共に三人で、粟田山の「辻野旅館」に一泊するという時を持つのである。そして翌三十四年年初、新年文学愛好者大会のために神戸に来た鉄幹に誘われ、一月九日、十日と晶子は「辻野旅館」に鉄幹と二泊している。とすれば、上掲の詩は時期的にその時を詠んだと思われる。「君」とはやはり鉄幹を指すのであろう。

六月になると、身の振り方を相談するため山口県徳山に帰郷した滝野の動静を知り、晶子はひそかに上京すると、鉄幹宅に入り込む。そうした中で、九月に鉄幹は滝野と離別して、晶子と結婚したのである。二人の妻と離別した鉄幹の方が情熱的だったのかとも思う。しかしやはり、滝野の留守を窺って、鉄幹宅へ出奔同様転がり込んだ晶子の方が情熱的なのであろうか。どちらにせよ、二人の熱い思いが成就したわけである。まだ二十三歳の晶子からすれば、心も肌も燃えるばかりであったろう。しかも、その思いを文章化するという熱情も、当時の社会通念からすれば驚天動地といっても過言ではなかったに違いない。

一篇の詩の謎として収めるのは困難である。なにしろ晶子はたくさんの詩を残している。しかし晶子は詩人としてより、歌人として著名である。

晶子は結婚一ヶ月前の八月、歌集『みだれ髪』を東京新詩社と伊藤文友館の共版で発行した。三百九十九首。集中の部立て「はたち妻」に「君さらば巫山《ふざん》の春のひと夜妻《よづま》またの世までは忘れゐたまへ」という一首がある。初出は三十四年二月二日付、鉄幹宛の書簡に書かれたものだが、それは、「君さらば粟田の春のふた夜妻またの世まではわすれ居給へ」となっている。したがって、前述した詩の背景を、短歌でも粟田という地名入りで詠っていたことになる。それを歌集では、「巫山の春のひと夜」と推敲した。鉄幹・登美子・晶子の三名で、粟田に泊った出会いに戻したのである。この時を詠ったと思われる歌に、「友のあしのつめたかりきと旅の朝わかきわが師に心なくいひぬ」「ひとまおきてをりをりもれし君がいきその夜しら梅だくと夢みし」等があるが、ここで鉄幹と身体の関係を持ったと思われる歌はない。友とは登美子で、その足は冷たかったらしい。尊敬の念を抱いていた登美子の足に触れたのであった。つまり晶子と登美子は同室で寝ていたということである。そのことは、「ひとまおきて」（一間置きて）という歌で、鉄幹が隣室に寝ていたことが分かるからである。したがって、「ひと夜妻」とは、「その夜しら梅だくと夢みし」と詠んだように、白梅に抱かれた夢想なのである。白梅は鉄幹が好んだ花なので、白梅とは鉄幹自身であることを同人たちは知っていた。「巫山」とは中国四川省の山岳。楚の懐王が昼寝して神女と契ったという故事があり、男女の情事を「巫山の夢」とか「巫山の雨」ともいう。ただ現実には、晶子が「巫山の夢」を見たとは思われない。

『みだれ髪』初版発行以来、九度も改作推敲が重ねられたようである。私が若い頃に暗誦した数首のうち、「髪五尺ときなば水にやはらかき少女《をとめ》ごころは秘めて放たじ」「春みじかし何に不滅《ふめつ》の命ぞとちからある乳を手にさぐらせぬ」などはそれぞれ、「髪五尺ときなば水にやはらかき少女《をとめ》ごころを見んと人寄る」「春みじかし何に不滅《ふめつ》の命ぞとちからある血を手にさぐるわれ」と推敲された。「乳」を「血」、「さぐらせる」を「さぐるわれ」では、晶子の奔放さが消えているのではないだろうか。ただ、代表歌「やは肌のあつき血潮にふれも見でさびしからずや道を説く君」はそのままであるのは嬉しい。

多情

——与謝野鉄幹

残照

そぞろなりや
そぞろなりや
夕髪《ゆふべかみ》みだる

地《ち》に霜《しも》あり
常住《じやうじゆう》も何《な》んの夢《ゆめ》ぞ
人堪《ひとた》へんや

花《はな》堪《た》へんや
嗚呼《あゝ》わりなし
水《みづ》さびしげに竹《たけ》をめぐり
痛手《いたで》負《お》ふ子《こ》に似《に》て
独《ひと》り秋《あき》を去《い》なんとす

山蓼《やまたで》の茎あらはに
黄《き》ばむ日《ひ》戸《と》に弱《よわ》し
人《ひと》しのばざらんや
西《にし》の京《きやう》の山《やま》

「残照」とは夕陽の光のことだから、当然その日が暮れる時刻である。明日の展開へと予想や期待感に胸の騒ぐ時でもある。しかも、空は夕陽に明るいが、ただ季節は秋だから、「黄ばむ日」で弱い光である。が、曇りでもなく、まして雨でもない。秋の夕暮れ時ゆえいっそう落ち着かないのである。「そぞろなりや」とは心が乱れて落ち着かない状態。「や」はそれをいちだんと後押しする。その落ち着かなさは髪にも現れ、「みだる」のである。その心情は、秋の夕暮れ時の感傷だけがもたらしているのでない。地にはふいに霜も訪れる。それは冷たく厳しい秋霜である。この世ではふいに何が起こるか分からない。無常のこの世に「常住」などは夢のまた夢。人も花も堪えられない。「や」は反語であろう。それゆえ、わりなき人生だが、とりわけ「痛手を負ふ子」にはいたたまれない。人、すなわち痛手を負っている子は、今「西の京の山」で堪えられずに一人、この秋を最後に去ろうとしている。ただ、「痛手」とか「負ふ子」、あるいは「西の京の山」とか何を指しているのだろうか……。

鉄幹の詩には「〜や」という表現がわりあい多い。この詩でも、五個所に見られる。二連の「や」は反語であろうが、主として強意や感動を表していよう。また、「ああ（嗚呼）」も鉄幹詩では多用されている。したがって、「〜や」も「嗚呼」も感動の表現なので、主情的ということになる。鉄幹の人柄が、そういう感動しやすい性格だったということであろうか。「われ男《を》の子《こ》意気の子名の子つるぎの子詩の子恋の子あゝもだえの子」という著名な短歌にも使用している。

与謝野鉄幹こと寛は明治六年（一八七三）、京都南部の岡崎村本願寺掛所願成寺に四男として生まれている。十七歳で得度。したがって、詩中に仏教語「常住」を鉄幹が用いているのはごく自然なことであろう。

ところでこの詩は明治三十三年（一九〇〇）、「明星」の第八号に発表された六篇の一つである。

鉄幹二十七歳。「明星」は、この年の四月に鉄幹により創刊されたばかりであった。八月に入るとすぐ鉄幹は、大阪へ行っている。目的の一つは、「明星」の基盤を固めるために、関西地方の文学愛好者を集めて支部を設立することと支持会員の増加であった。鉄幹は北浜の平井旅館に投宿、その頃熱心に「明星」に歌を投稿していた山川登美子と鳳《ほう》晶子（鳳《ほう》志《し》よう）に会うことになる。八月四日、鉄幹は旅館の一室で、晶子に会う前に登美子に会っている。六日には浜寺へ行き、七日、八日は歌会。晶子が出席できなかった七日、鉄幹と登美子が結ばれたと評伝は推察している。

登美子はこの時二十一歳。晶子より一歳年下。評伝によれば、淋しげで頼りなさそうに見えるが、品格のある色白の顔をしていたらしい。鉄幹は彼女を白百合の君と呼ぶ所以である。福井県の竹原村（現・小浜市）に生まれているが、山川家は若狭・酒井家の大目付役や馬廻役を務めた格式の高い家柄であった。父親は維新後、小浜藩少参事、敦賀県大属《だいさかん》試補などを歴任、小浜の第二十五国立銀行頭取になっている。十人ほどの下男・下女を雇っていた家に育っただけに、登美子には一種の品格が備わったのであろう。十六歳で、大阪の梅花女学校に入っている。父親が、和歌を嗜んでいた影響で、登美子も女学校入学の頃から作歌していたようである。その登美子の歌が鉄幹の目にとまり、誘われて新詩社に入会する。鉄幹は、旅館に訪ねてきた登美子に初めて会った瞬間から惹かれたらしい。

鉄幹はこの時期、林瀧野を妻にしていた。ただ入籍はしていない。瀧野と同棲する前は、浅田信子《さだこ》と同棲、子供をもうけている。ところが子供がまもなく死ぬと、信子の実家に借金を申し込んだが断られ、信子と離縁する。鉄幹は、十六歳の時、山口県徳山の寺にいた次兄を頼って行っている。そこで、鉄幹の学識が優秀だったこともあり、寺内の徳山女学校で国語を教えたのである。三年間教えるが、鉄幹は眉目秀麗、才気煥発という二十歳未満の青年教師である。そこで教わるのが信子と滝野。鉄幹はまず信子に目をつけて口説いたらしい。その信子と離縁すると、瀧野を口説いたのである。二人に共通するのは、共に資産家の娘という。つまり、「明星」発行資金の援助が欲しかったらしい。事実、瀧野を妻にした際その持参金でまかなったらしく、「明星」第一号には、「發行人兼編輯人　林瀧野」と印刷されている。ただ、生計は逼迫していたらしい。瀧野との間に男児も生まれ、手伝いの女中への礼金さえ覚束なかったようである。そのため鉄幹は瀧野の実家へ借金申し込みに出かけるのが十月下旬。ところが村会議員でもある父親から断られるのである。なにしろ瀧野を入籍もしていなかったからである。

その帰途、十一月三日、鉄幹は大阪で登美子と会う。登美子は一目だけ会って別れるつもりだったようである。というのは、その頃登美子の縁談が急速に進んでいたからである。銀行頭取の父親が強引に進める遠縁の元外交官との縁談は、断れない情況にあった。鉄幹はそうとは知らず、さらに登美子を誘う。それで登美子は、晶子と一緒ならという条件をつけたようである。それが十一月五日。登美子・晶子と三人で粟田山に一泊するのである。粟田山とは、京都東山華頂山から日ノ岡に至る山の総称。してみると「西の京の山」とは粟田山。泊ったのは辻野旅館である。

こうした背景を考える時、「残照」は登美子を詠ったものと思われる。登美子から縁談話を聞いた鉄幹は大きな衝撃を受けたに違いない。それが秋霜であろうし、愛の「常住」などは夢と知る。「痛手負ふ子」とは登美子であろうが、鉄幹もまた「痛手」を受けている。秋の「残照」の「黄ばむ日」が弱々しい。明日へつながる夕陽というよりは、淋しく沈んでゆく光である。それが射す中で、「山蓼の茎」が紅くすっきりと立っている。蓼食う虫も好き好きというように、その味は特有の辛味を持つ。ここでは登美子との辛い別れの味であろう。同時発表六篇には「山蓼」という九連の詩もある。その最終連の一行に「別れにひく山蓼《やまたで》」とある。してみると、この詩も登美子に宛てたものであろう。鉄幹は山川登美子を失うのである。六篇の詩は、三篇までが登美子を対象に詠んだと考えられる。その一篇「敗荷」を挙げてみる。

夕不忍《ゆふべしのばず》の池《いけ》ゆく
涙《なみだ》おちざらむや
蓮《はす》折《を》れて月うすき
長酡亭酒寒《ちやうだていさけさむ》し

似《に》ず住《すみ》の江《え》のあづま屋《や》
夢《ゆめ》とこしへ甘《あま》きに

とこしへと云ふか
わづかひと秋《あき》
花《はな》もろかりし
人《ひと》もろかりし

おばしまに倚《よ》りて
君伏目《きみふしめ》がちに
嗚呼《あゝ》何《なに》とか云ひし
蓮《はす》に書《か》ける歌《うた》

短歌一首の謎

自分自身をイマイマしく思って

――横溝正史

少年時代、探偵小説に夢中になったものである。難事件を解決していく明智小五郎・金田一耕助に憧れ、少年どもはそのどちらかを名乗っては、かくれんぼをしながら探偵ごっこをしたものであった。前者は江戸川乱歩の、後者は横溝正史《せいし》（本名正史《まさし》）の探偵小説に登場する名探偵。推理小説という言葉が登場する前の時代である。そして金田一京助という学者の名前を耳目にするようになってから、少年たちは名前をしばしば取り違えたりしたものではあったが……。

一杯亭木ぬれ求むと足引きの
　華麗喀血にあいにけるかも

（「むささび悲歌」）

出典は昭和四十九年（一九七四）九月発行の雑誌「推理文学」。横溝七十二歳。「一杯亭」は横溝の別称。彼は酒好きだが、「乗物恐怖症という業病に取りつかれて」（「推理文学」、以下同）いたらしい。そのため「まず一杯きこしめし」てからハイヤーに乗るのである。するとハイヤーに揺られ、目的地に着いた時は非常にゴキゲンだったらしい。「木ぬれ」は漢字で「木末《こ》」と書き、梢《こずえ》のこと。「足引きの」は「山」とか「峰《を》」にかかる枕詞という働きをする古語だが、ここでは山も峰も出ていない。或いは山に関係する「尾の上《へ》」「やつを」「岩根」などにもかかるのだがそれも見当たらない。もっとも、「足引きの」の「ひき」は「引き」ではなく、「足痛《ひ》く」の「ひき」という説もあるので、この歌の下の句に見られる血に関わるとも考えられよう。

ところで横溝は、この歌の原歌だという和歌を記している。万葉集にある志貴皇子の歌、

むささびは木ぬれ求むと足引きの
山の猟夫にあい《ママ》にけるかも

である。そしてこれを基にして他にも三首詠んでいるので、全部挙げてみるが、仮に番号を付してみる。

①経済大国は木ぬれ求むと足引きの
　石油ピンチにあいにけるかも

②ヒットラーは木ぬれ求むと足引きの
　レニングラードにあいにけるかも

③日本軍閥は木ぬれ求むと足引きの
　ガダルカナルにあいにけるかも

の順に記され、掲出歌は四首目に挙げられている。これらに共通する語句は「木ぬれ求むと足引きの」と「あいにけるかも」。枕詞「足引きの」がかかる語はどの歌にも見い出せない。志貴皇子の歌では「山」にかかっている。こうしてみると、横溝はいずれも危機を強調するためにこの語法を借りたように思われる。「足引きの」という枕詞は自在に使用されたことになろう。つまり、原歌で、鼯鼠《むささび》が梢を飛び渡って姿を現したばかりに「山の猟夫《さつを》」に捕まる。「あう」とは遭うことであろう。志貴皇子の兄、大友皇子が天皇になろうとして叔父の大海人皇子に壬申の乱で敗れ、自殺したという状況を示唆したという、いわば寓意説のある歌。横溝は斎藤茂吉の『万葉秀歌』

を「座右において日夜愛読していたのは戦争中の、なにもかもイマイマしい時代だつた」と記している。この著でこの歌が取りあげられているわけだが、横溝はこの歌を非常に気に入ったのである。斎藤茂吉は「寓意の如きは奥の奥へ潜めて置くのが」よいというが、横溝は「コジツケ趣味旺盛な私のことだから」といって前述の短歌を詠むのである。してみると横溝の「足引きの」は危機あるいは危地にかかる枕詞ということになるのであろうか。ただし③の歌の後に「足引きのだけはよけいだが、当時はなんでもかんでもイマイマしいやつをむささびになぞらえてウサを散じると同時に、自分自身がむささびたらざらんがためにも、この歌を座右の銘みたいにしていたものである。」とあるので、「足引きの」はよけいだという横溝にとっては、この語はあまり重要でなかったのかもしれない。問題はイマイマしいやつを鼯鼠にして憂さを晴らすことであった。その鼯鼠とは①では「経済大国」、②では「ヒットラー」、③では「日本軍閥」ということになろう。たしかに「足引きの」は単なる飾りだけの語句に違いない。とはいえ、掲出歌の「足引き」は「華麗喀血」を引き出すことになるのではないだろうか。「喀血」という危機の状態である。喀血は肺や気管支粘膜などから出血してそれを吐くことだが、その血が華麗だというのである。異常な感じもするのだが、「足痛《ひ》きの」という説もあるので、血を連想することはできよう……。それにしても志貴皇子の歌を座右の銘にしていたのである。

横溝は昭和八年（一九三三）五月七日、発病して喀血している。三十一歳。年譜では原因が何かは窺えない。ただ七月に、長野県諏訪郡にある富士見療養所に入り三ヶ月間療養しているので結核による喀血だったのであろう。富士見療養所は結核の長期療養を目的に設立されたサナトリウムである。横溝はそこで初代院長の正木不如丘の指示を受けている。医者の正木は小説家でもあり、探偵小説も執筆していた文人でもあった。ちなみにこの療養所では堀辰雄や竹久夢二も療養している。横溝は秋になって帰京するが、先輩や友人たちから執筆停止と転地療養を勧告され、翌九年の七月から信州上諏訪に転地して闘病生活を送った。

横溝の生家は薬種商で、横溝も大阪薬学専門学校を卒業後、自宅の薬種業に従っている。しかし二十三歳の時、江戸川乱歩に会い、友人と共に「探偵趣味の会」設立に同意、同人として参加するのである。それまで海外の探偵小説を渉猟、発掘していた横溝にとっては願ってもない始まりであったろう。家業を捨てて博文館に入社するのである。そうして雑誌の編集に従う傍ら、下宿生活をしながら執筆している。その上結婚・長女誕生・長男誕生・母と末弟を迎えるという家庭生活を支えるために、相当無理をしながら作品を書き続けていたことになろう。こうした生活が、身体を蝕んだに違いない。喀血した前年の七年には博文館を辞職、文筆専門を志していたのである。

出典は四百字詰め原稿用紙にすれば十枚程度の随想だが、戦争と経済大国の世の中への「イマイマしさ」に溢れている。そうした「イマイマしさ」を表わしたのが前述の短歌であり、「ケツサク」と自己評価しているものである。それで掲出歌を詠んだ事情を、詞書の代わりに記してみよう。「毎晩飲むほどに酔うほどにたちまち酒量大いに上がり、サントリーの白（いちばん安いやつである）が二日ももたなくなったと思ったら、果然去る三月十八日の朝、鮮血を吐いた。一度ならず二度三度。痰に赤いものがまじるなんてのは毎度のことだが、こんな華麗なのはじつに久しぶりである。／そこで大いに自分がイマイマしくなり、さっそく詠じたケッサクというのがつぎの一首である。」とあって、掲出歌が続いている。久しぶりの華麗な鮮血を忌々《いまいま》しく思ったのであった。ということは、自分自身を鼴鼠に置き換えたのである。自己虐待である。実は横溝は「去年の八月二日一念発起、私は酒を断つことにした。相手があれば飲むがひとり酒はよしましょうときめた。飲んでは赤いものをはく醜態にわれながらアイソがつきたらしい。」と禁酒したのである。しかし、相手があれば飲むというのでは、禁酒とも言えまいが、横溝としては吐血を醜態と感じていたのである。去年というのは、昭和四十八年のことであろうから、横溝七十一歳。ところが「石油ピンチとやら、物不足とやら、買いだめ騒ぎとやら」で「俄然世の中がイマイマしくなり」「年が明けるとともに私のイマイマしき思いますます昂じ、ついにアタマに来たらしく、二月一日を期して禁酒解禁」をしたのである。つまり禁酒期間はわずか五ヶ月だったことになる。しかも相手がいれば飲むわけだから、完全な禁酒日数はどれくらいだったのかおぼつかない……。昭和五十六年（一九八一）、七十九歳で亡くなるまで飲み、鮮血を吐いていたのかどうかは知らない。ただ横溝の心中には世の中への忌々しさが通底したようである。吐血した血を華麗と表現するあたりに、探偵作家の不気味さを感じるのである。

それはともかく、私も横溝に倣い一首歌作してみた……。

魚たちは木ぬれ求むと足引きの
　北ミサイルにあいにけるかも

と。北は北朝鮮。この稿を書いていた期間、かの国は、次々とミサイルを発射して、その度に日本海に落下、世界を騒然とさせた。海の生き物たちこそ大迷惑、どころか落命した生き物たちも多かったろう。と、「イマイマしい」気分で詠んでみた次第である。

ところで、横溝の孝子夫人は歌人という。勉強不足で私は知らなかったが、またどんな歌集を発行しているのかも知らないけれど、句集は二冊あるという。『花筏』『二人静』。歌人でもあり俳人でもあったのである。その孝子夫人は平成二十三年（二〇一一）、一〇五歳の長寿で没している。夫人が、既述した夫の短歌をどんな風に読んだか知りたいとも思うが、これまた勉強不足で知らないのである。ただ、横溝は句作もしていて、中島河太郎「横溝先生断想」に旧作三句を紹介した後、「今年いただいた色紙には、／山茶花やへま嗤ひあふ老夫婦／としたためてある。」とある。「今年」というのは昭和四十五年(一九七〇)だから、横溝六十八歳、夫人六十四歳。当時としては老境であったろうか。中島は「駘蕩たる心境が現れていて結構だが、このまま老境にはいってもらいたくないのが率直な感想である。」と続けているが、横溝はこの十一年後に、夫人はこの四十一年後に死去している。

詩心を短歌に歌心を詩に

――三好達治

夕づつの　傾くころを
谿あひの
住ひの前に
薪を割るひと

（歌集『日まはり』）

「夕づつ」は夕星と書き、夕方西の空に見える金星、いわゆる宵の明星。「谿あひ」は「谷間《たにあい》」、「薪」はたきぎではなく「まき」と読むのであろう。宵の明星は日没後に見える星だが、その星も傾きかけているとなるとずいぶん暗くなっているであろう。その時刻に薪を割っているひとがいるという光景。「人」ではなく平仮名の「ひと」とはどんな人なのであろう。この短歌の後には、

夕ぐれの
谿間に薪を割る人の
鉈のうごきの
あはれなるかも

の一首が続き、ここは「人」と漢字である。同一人物ではないのだろうか。

私は岩手の農家生まれだが、主に父や兄が薪割りをしていた。母も割ったりすると、私も鉈《なた》で割る手伝いをさせられたりしたものである。つまり、農家の主婦たちも薪割りしていた姿を思い出す。すると、ここの二首で薪を割っているのは男とは限らないであろう。特に「ひと」は女を連想させる。もっとも、どんな種類の木を割るのかにもよろう。それも、炊事用か暖炉用か、あるいは風呂用かという違いもあろう。木の太さにもよる。高校時代の私の仕事の一つは、風呂焚きであったから、雑木という様々な木々を割ったりしていたのである。掲出歌では宵の明星が傾く頃に薪を割る……風呂用であろうか。あるいはその日に使用するものではなく、翌日のため、翌々日のための薪割りかもしれない。いやもっと、冬に備える薪割りかも知れないのである。歌には季節を思わせる語はないが。二首目の薪を割るのは「人」とあるが、鉈の動きを見て「あはれなるかも」と感じる場合、男の鉈の使い方より女の手の使い方を連想してしまう。この歌の場合も女が薪を割っているのではないだろうか。その場合、割られる木が栗や松の木では無理であろうが……。

参考に掲出歌のすぐ前の短歌も挙げてみたい。

これやこの
さやかに胸にしのびいる
落葉松の香に
にし恋もがな

「にし」は「似し」、「もがな」は願望の助詞なので、恋がしたいなあということになろう。落葉松の香に似た恋がしたいと詠うのである。私は落葉松の香りを嗅いだことがない。片田舎の私の生家のすぐ後ろは山だったが、落葉松などはなかった。そこでネットを調べてみた。すると、脂っぽい臭いとか馬糞の匂い等とあり、中に古い家屋が発する生活感の匂いとある。ただ歌では「さやかに胸にしのびいる」香である。それに鑑みると、生活感の滲む女性に恋をしたいと願望したのではないだろうかと思う。すると、夕暮れ時に薪を割る「ひと」が恋の対象ではなかったろうか。ひょっとすると、薪の材料は落葉松で、その香りが漂っていたのかとも思うが、材が硬いので女が割るには無理かもしれない。因みに北原白秋の詩「落葉松」が好きで暗誦もしたが、四行八連の詩中には香りが詠まれていないのは残念である。

ところで掲出歌は詩人として高名な三好達治の短歌で、「白骨温泉にて」の詞書のもと十二首詠まれた中の一首である。出典の歌集『日まはり』は昭和九年（一九三四）三十四歳の時に刊行しているが、収録された一九八首全部が四行書き、と珍しい。三行書きなら石川啄木の歌集で知られる。啄木と同年生まれの萩原朔太郎は、歌人啄木を最大級に称賛していて、自らも、三行書き、四行書きの短歌を残しているほどである。そうした影響がなかったとは言えまい。達治は朔太郎より十四歳年下で、朔太郎の詩を高く評価、一度は朔太郎の妹、アイと婚約した仲でもある（婚約解消後、三十四歳で佐藤春夫の妹・智恵子と結婚、九年後に離別してその翌年萩原アイと結婚するも翌年離別）。朔太郎とは私的な関わりもしていたことになろう。といって、そのせいで四行短歌を作ったとも思えない。というのも、詩人としての第二詩集『南窗集《なんそうしゅう》』（昭和七年八月）の三十一篇、第三詩集『閒花集《かんかしゅう》』（同九年七月）の四十八篇、第四詩集『山果集《さんかしゅう》』（同十年十一月）の四十九篇すべてが四行詩なのである。こうなると、四行は、達治にとって生理的な欲求だったようにさえも思える。もっとも自由詩なので短歌の定型ではないが、『南窗集』の中には「馬」という題で、

茶の丘や

桔梗《はねつるべ》
馬
梅の花

という俳句形式五七五を四行にしたものも見える。

『南窗集』の四行詩に対して北川冬彦は「これはこの邦では何人もいまだ試みなかったことで、三好君の行き方としては、一つの開拓であらう」(「帝国大学新聞」昭和七年十一月二日)とみている。「三好君の行き方」を私は生理的な欲求と捉えたが、実は達治に大きな影響を与えたフランスの詩人、フランシス・ジャムの四行詩の作に学ぶところが多かったらしい。調べてみると、ジャムは四行詩を六十五篇ずつ収めた詩集を四冊刊行しているのである。ただフランスではほとんど話題にならなかったというが、日本では高く評価され、堀辰雄や達治が訳したのである。歌集『日まはり』の序に、丸山薫が「君のエスプリがこの短歌といふ形式に従来にない住み心地よさを感じてゐるやうだ。」と、達治と四行短歌の相性の良さを評価した後で、「ジャムの訳者にとつて短歌は畢竟ありのすさびになり了るだらう。」とも記している。「ありのすさび」は在りの遊びと書いたりするように、慣れ過ぎていい加減にすることになるというのである。四行短歌と四行詩……いわば詩と短歌の繋がりを模索したという風にも思える。そもそも達治の第一詩集『測量船』冒

頭の詩「春の岬」が、

春の岬旅のをはりの鷗どり
浮きつつ遠くなりにけるかも

という短歌形式である。つまり、短歌形式と詩とは達治にとって繋がっていたと思いたい。そういう下地があったから、四行短歌と四行詩とがやすやすと詠まれたのではないだろうか。それは北川冬彦が前記した一文に続けて「三好君は、死とさへ軽く遊んでゐる。」と書いた部分に表れている気がするのである（達治は、親友梶井基次郎の死を四行短歌で詠んでいる）。

ところで、冒頭の掲出歌は「白骨温泉にて」という詞書から白骨《しらほね》温泉での光景であろう。白骨温泉は長野県松本市安曇にある温泉。達治は昭和五年（一九三〇）、中谷孝雄のすすめで九月末から約一ヶ月間、白骨温泉に滞在した。達治は昭和二年の十一月ころから強度の神経衰弱―心臓神経症《ヘルツ・ノイローゼ》に苦しんでいた。年譜を見ると、大阪の生家は特殊印刷業で、父親は軍人崇拝家。その意向に沿って長男の達治は陸軍士官学校に進むが、家業が倒産したため中退。父親と意見が合わなくなり、京都の第三高校から東大仏文科に入っている。そうした経緯が、達治を神経症に追い込んだのではなかろうか。昭和三年（一九二八）二十八歳の時、朔太郎の母の希望に従い、書肆アルス社に就職したが間もなくアルス社が倒産、萩原アイとの婚約も解消された。そうした事情も達治の神経を圧迫したことは充分に想定されよう。白骨温泉は神経症に効くという評判の温泉である。

それはそれとして、白骨温泉が標高1400m地点にあるとなると、やはり冬への備えが課題であろう。達治が訪れたのは九月末から約一ヶ月間。季節的には冬を迎えようとしている。してみると、歌中の薪は冬に備えてのものと考えるのが妥当であろうか。ただ、割っている人物は男か女かは分からない。詩集を繰っていると第六詩集『艸千里』に「汝の薪をはこべ」を見出だした。これは昭和十三年（一九三八）五月「知性」創刊号に発表された詩だが、四十行を超えるので、一部だけ記してみる。

（前略）
窓に帳帷《とばり》はとざすとも
訪《おと》なふ客の声はあり
落葉の上を歩みくる冬の跫音《あしおと》

薪《まき》をはこべ
ああ汝
汝の薪をはこべ
（中略）

やがて雪ふらむ
汝の国に雪ふらむ
きびしき冬の日のためには
炉《ろ》をきれ　竈《かまど》をきづけ
孤独なる　孤独なる　汝の住居《すまひ》を用意せよ
（後略）

（『日本の詩歌』中央公論社）

冬に備えての薪の準備をせよと詠っているが、この詩の解説では戦争時代の窮乏に備えよという警世の言葉とも受け取れるという。いわゆる日中戦争中で、この年の四月一日には国家総動員法が公布されていた。そうした世情から判断すると、冬とはその後の大戦を予告・暗示したと思える。

ただ掲出歌はこの詩の四年前の作であり、白骨温泉の実景であろう。冬に備えるか、その夜に使用するのかいずれにしても、達治の心を射抜いたのであろう。薪割りをしているのは、夫婦だったかもしれない。

ちなみにシャルル・ボードレールにも薪を詠んだ「秋の歌」があり、この影響もあるのだろうか。達治もボードレールの詩を訳しているのだから。

投身自殺予防短歌として

——松本清張

雲たれてひとり
たけれる荒波を
かなしと思へり
　能登の初旅
　　清張

写真の歌碑を記してみた。字のバランスもこんな感じで、四行書きになっている。四行書きは作者の指示かどうか知らないが、三好達治や萩原朔太郎も作っているのでことさら珍しいわけではない。「たけれる」は猛《たけ》れるか哮《たけ》れるであろうが、どちらにしても荒々しく暴れたり咆《ほ》えまくる意味であろう。能登の初旅とあるから、初めて訪れた日本海の荒波を詠んでいよう。初めて能登へ行ったら、やはり荒波に驚くに違いない。芭蕉は「荒海や」と日本海を詠んだが、ここでは荒波の音も聞こえるように、身近に詠んでいる。雲も低く垂れこめ、雨か雪が降り出しそうな天候だから、なおさらであろう。波が荒々しく打ち寄せている光景を目の当たりにして、その荒波を見て「かなし」と思っている。かなしといっても、「悲し」や「哀し」、また「愛し」もあるのだが……。作者は社会派推理作家の巨匠といわれた松本清張。この碑のある場所は能登金剛巌門センター横の松林。私も若い頃に能登半島旅行をしたが、あいにくの大雨のため能登金剛に行かず仕舞い。今思えば残念というしかない。所在地は石川県羽咋郡志賀町笹波。付近一帯は、鷹の巣岩とか碁盤島とかいくつかの海蝕崖の奇勝が連なり、写真で見るとまさしく断崖の連続で、まさに絶壁。ヤセの断崖もその一つで、ここが清張の代表作『ゼロの焦点』の舞台として知られる。ヤセといわれる由来は、土地が「痩せ」ているからとか先端から海面を見下ろすと身も「痩せ」る思いがするからということらしい。歌碑が建てられたのは昭和三十六年(一九六一)八月だという。

『ゼロの焦点』は、昭和三十三年(一九五八)「虚線」の題で「太陽」に連載が始まったが、当誌が休刊したため「宝石」に「零の焦点」として再連載されたものである。清張四十九歳。この前年に「旅」に連載された『点と線』や「週刊読売」に連載された『眼の壁』が単行本として刊行され、ベストセラーとなっていわゆる〝社会派推理小説〟ブームとなっていった年といえよう。清張が文藝春秋社の依頼で「文化講演」をした記録があるので参照したい。それは九州の唐津市での講演だが、能登金剛についても触れたものである。「――ある女性は私の書いた『ゼロの焦点』の場所から投身自殺をしております。私は、取材のためにわざわざ現地を訪れるということはめったにない。（中略）『ゼロの焦点』を書いた時も、実際に旅行した時からすでに三年か四年たっている。（中略）土地の人は私を自殺幇助《ほうじょ》とは思いませんけれども、あと投身自殺者が出てきては困るというので、何かそれを止めるような碑を建ててくれないかということを私に申し込まれましたが、うっかり碑を建てると、熱海じゃないが流行になっては困るというので、恥ずかしい短歌の如きものを作って、今、現在そこに歌碑がございます。」（「オール讀物」昭和四十六年七月特別号）（傍線筆者）と、歌碑建立の経緯が語られている。

　これによると、歌碑は投身自殺予防のために建てられたことになる。依頼されて詠んだのである。小説の舞台となったヤセを紹介するような碑を建てると、『金色夜叉』の貫一・お宮で知られる熱海のようにヤセが流行にならないように、というのである。それで清張は「短歌の如きもの」を作ったのだという。

　ちなみに投身自殺した「ある女性」とは藤原糸という十九歳の女性だという。土地の青年団の人たちが、そのあわれさに碑を建てようと言いだし、町の教育委員会に勤務していた林康一という人が清張に碑文を依頼したらしい。その碑文を受け取りに上京したところ、「能登金剛三里歩いて海に入る」という句ができていたのだという。それで「同句が糸の弔いを意味していることから、観光地化をたどる能登路にふさわしくないと考えた林は率直に『ゼロの焦点』だけをうたった碑文を再依頼した。」（小林良子『北陸の文学碑』）のである。俳句にせよ短歌にせよ、投身自殺願望者が碑文を読んで自殺を止《や》めようと思わなければなるまい。しかし死のうと決意している人が、歌碑を読む余裕があるとも思えない。投身自殺者がどんな天候の日に自殺する率が高いのか私には分からないが、清張が能登に初旅をした日は「雲たれて」（雲垂れて）いたらしい。前記した講演で「私が行った時はもう、実に荒涼としたもので家一つなく、空には鉛色の雲が垂れこめ、荒海でございますから黒っぽい海が白い波頭を立てて吠《ほ》えておる。」と言っているから、歌そのものの光景である。

ただ、歌碑建立の狙いからすると、「能登の初旅」は作者の清張でもあろうが、自殺願望者ということにもなろうか。「雲たれてひとり」の「ひとり」は、これも清張自身でもあろうが自殺願望者に置き換えてもいよう。同時に擬人法も用い、荒波が「ひとり」で雄たけびをあげながら大暴れしているのである。またこの「ひとり」は「かなしと思」ってもいる。ヤセの断崖の「たけれる荒波」の音を私は聞いたことはないが、推理作家宮部みゆきは、ヤセから車で二十分ほどの巌門で見た光景を「いやあ、驚きました。／なんという荒波であることよ！　陰鬱とか重苦しいとかいう前に、とにかくこの海の荒れ具合、波の轟きに仰天しました。」(「文藝春秋」臨時増刊号「名作『ゼロの焦点』を紀行する」一九九二年十月)と記している。その日は「雲たれて」いない晴天にもかかわらず風は強かったのだとも記すが……。その荒波に親兄弟・恋人・友人などの誰かが「かなし」む心で右往左往しながら、自殺しようとしている人を探して絶叫する声を荒波の音に感じ取ったらどうであろう。すると、自殺願望者の心に一瞬「かなし」い感情が湧きだす。自分を「愛《かな》し」と思ってくれた親・兄弟・恋人など一瞬頭をよぎる。そうなれば平常心を取り戻すきっかけともなろうか。死ぬのは思いとどまろうと……。そうなれば清張短歌の意図通りになろうというものである。

しかし前記したように、本人がこの歌碑をじっくりと読む心の余裕があるとも思えない。私はこの歌に、推理作家・松本清張の仕掛け――折句とか掛詞――が潜んでいるのではないかと思い、すべて平仮名にしたり、逆から読んでみたりして仕掛けを探ってみたが、仕掛けがあるとも思えないでいる。第一、自殺志願者がそんな仕掛けに拘っている暇などない心情であろう。

ただこの荒波の光景に、私は葛飾北斎の富嶽三十六景を重ねてしまう。「神奈川沖浪裏」の絵である。清張はこの短歌を詠む時に、目の前の光景もさることながら荒波の構図が出来上がっていたのではなかろうか。というのも、昭和二十三年(一九四八)三十九歳時、朝日新聞西部本社広告部意匠係に勤務しながら、図案家として活躍しているからである。そして、門司鉄道局主催の観光ポスターコンクールに応募して以後常連客となっているからである。となると、荒波の寄せる様《さま》、その轟きの音に潜む「かなし」さを視覚的に感じ取らせる狙いではないかと思いたい（もっとも私は清張の図案を見たことはないが……）。『ゼロの焦点』の「夫の意味」の章4に、ヒロインの禎子が夫の投身死した場所辺りを「観賞的に見れば、なるほど能登金剛の名に値しそうな景色」とあるが、これは清張の図案家としての視点ではないだろうか。そしてこの時禎子は、学生時代に読んだ外国の詩を再び思い浮かべて涙ぐむ。この詩は二度出てくる。長くなるが重要な意味を持っていると思うので、掲げてみたい。

しかし、ごらん、空の乱れ
波が——騒《さざ》めいている。
さながら塔がわずかに沈んで、
どんよりとした潮を押しやったかのよう——
あたかも塔の頂きが膜のような空に
かすかに裂け目をつくったかのよう。
いまや波は赤く光る……
時間は微《かす》かにひくく息づいている——

この世のものとも思われぬ呻吟《しんぎん》のなかに。
海沿いの墓のなか
海ぎわの墓のなか――

最後の二行に注目したい。「海沿い」「海ぎわ」の光景に、人生最後の「墓」を表現しているからである。

そこで、『ゼロの焦点』からヤセの断崖を含む能登金剛一帯の光景を、幾つか拾い出してみる。「海は遥《はる》か下の方で怒涛《どとう》を鳴らしていた。雲は垂れさがり、灰青色の海は白い波頭を一めんに立ててうねっていた。」「暗鬱《あんうつ》な雲と黒い海」「空全体が厚い壁に塗りつぶされたように、厚い雲」「風が鳴り、海の轟《とどろ》きが極《きわ》まった。」「足元から地響きとなった。」「荒涼《こうりょう》とした北欧の古い絵を見るように」「波の咆哮《ほうこう》」……これらを念頭に、この小説の最終章「ゼロの焦点」に向かいたい。

禎子の夫は投身自殺を装われた殺害と判明するが、そのほか三名の殺害も同一犯人と推理される。その犯人はもと米兵相手の特殊業、いわゆるパンパンだったと推察される女性で、今は上流社会で暮らす婦人指導者。その女性が進退窮まったと覚悟して、舟を借りて前記したような海の沖に漕ぎ出す。雪深い一月元旦である。焦点が限りなく0になってゆくその舟を、その女性の夫と禎子が凝視する。その時ふと禎子の胸に詩が蘇る。

In her tomb by the sounding sea!
とどろく海辺の妻の墓！

この結末を頭に置いて清張は短歌を作ったのではないかと考えたい。ヤセの断崖での投身自殺数が、この歌碑の建立前後でどうなのか知らないけれど……。

なお現在は、断崖上の遊歩道の各所に、「思い出せあの日あの時親のこと」という標語を記した看板が設置されているという。実にストレートな自殺予防標語といえようか。

弟に歌の添削を依頼した作家
——正宗白鳥

正宗白鳥は歌作していないだろうかと全集（福武書店）を捲っていると、書簡の中に見出すことができた。しかも十一首載っている。書簡というのは二歳下の弟に宛てたもの。白鳥は岡山県和気郡穂浪村（現・備前市穂浪）に弟妹九人の長男として生まれているから、大家族である。生年は明治十二年（一八七九）三月三日。明治になってまだ間もない頃といえよう。

たゆまずに求め行かなんとこしえに消えぬ光を仰がましとて

十一首の中から一首を挙げてみた。全体としていかにも明治初期の心情を吐露していると感じたからである。ただ、「なん」の用法が気にかかる。ここでは「行かなん」とあり、「行か」が「行く」の未然形だから、「なん」は相手に対する願望の助詞ということになる。つまり、行ってほしいと相手に願望していることになろう。それはそれで分かるのだが、下の句を考えると合点がいかなくなる。下の句にある「仰がまし」の「まし」は自分の願望を表わすから、光を「仰ぎたい」という白鳥自身の希望であろう。それでもこれはこれで解釈してみると、「お前はお前で怠ることなく求めて行ってほしい。私は私で永久に消えない光を仰いでいたいから」となろうか。ただ何を求めるのか、「消えぬ光」とは何なのかは分からない。そこで、「行かなん」を「行きなん」としてみる。すると「なん」は「な」と「ん」に分かれる助動詞となり、「きっと行こう」ということになる。この場合、「私は怠らずに求めて行こう」となって下の句に続くことになる。「なん」の接続が未然形か連用形かで異なるので、内容も違ってくる。白鳥はうっかりと間違えたとも考えられよう。ただどちらにしても、何を求めるのか、何の光かは分からないのだが……。

掲出歌の記された書簡は明治三十二年(一八九九)一月一日に弟の正宗敦夫宛に出されたもので、差出人は正宗忠夫、すなわち白鳥。以下白鳥で通すこととする。この時二十歳。白鳥は前年七月、東京専門学校(現・早稲田大学)英語専修科を優秀な成績で卒業すると、新設された史学科へ入学した。ところが翌三十二年にはこの史学科が廃止されたため文学科に転じている。もっともこの書簡は元旦のものなので、まだ史学科在籍の時だったであろう。文法上の細かいことに気づかなかったとしても仕方あるまい。

弟敦夫は後に歌人・国文学者として知られるようになったが、まだ十代のこの頃から活躍していたようである。敦夫に和歌の才能があったことは兄の白鳥が認めていた。自然主義作家と呼ばれた白鳥の小説に「田園風景」（「群像」昭和二十一年〈一九四六〉十月）がある。小説というより、少年時代を回想した随想的・自伝的な作品だが、その中に次のような箇所がある。「二歳ちがひの弟Aと、裏山へ登つて、山上を一巡りした時に、お互ひに和歌を作つて見ようと相談し」て作るのだが、自分の和歌は幼な心にも無風流に感じられたのに対し、「Aの方は、雑作なく、二つ三つと、歌らしい歌を作つて、調子をつけて口ずさんだ。」「和歌のやうなものを作るとなると、Aに及ばないことを、その日初めて知つた」というのである。Aは敦夫を指していようが、幼少の頃から敦夫には和歌の才能があったという。そうなる家風が流れていた。正宗家は土地の旧家で、白鳥兄弟の父祖（雅敦）は文政・天保期の文人であり、狂歌・和歌・俳諧に優れ、その弟（雅広）も狂歌・和歌・国学を修めていて、その子供（浦二）が白鳥兄弟の父で正宗家の養子となっている。「家族近親が甚だ低調な和歌や狂歌を楽んでゐて、その感化でその仲間に入る村の者も尠くなかつたさうだが、Aもさういふ祖先の遺伝でおのづから歌心を具へてゐたのであらうか。」（同前著）と記している。

　すると書簡も合点がゆく。というのは、十一首の前に、「近作（てにをはの誤り、語調のと、のはざるあらば御報知を乞）」とあるからである。「乞」は乞《こ》うで頼むことだから、つまり弟に添削を頼んだということになろうか。

掲出歌は六首目に記されているが、五首目の頭に「述懐」とある。それまでの四首の頭にはそれぞれ「田家烟」「同」「思郷」「歳暮」とあるから、五首目以降は述懐、すなわち心中の気持ちを述べるという意味で詠んだものと思われる。そこで十首目、十一首目を参考にしたい。

おちこちのたつきも知らぬ世の中に、泣きてぞ求む神の御光。
神によらで如何で楽しき事あらん、皆うつり行くあはれ浮世に。

これらを参照すれば、掲出歌の「消えぬ光」とは「神の御光《みひかり》」だということになろう。したがって、「たゆまずに求め」るのは神への道ということになろうか。

白鳥は十五歳の頃から胃が弱かったらしい。小学校高等科を卒業した後、漢籍主体の藩校閑谷《しずたに》黌《こう》に一年半学んでから後のようである。身体も衰弱したらしい。それが原因のような気がするのだが、「何となく珍しくて面白さうなのに心惹かれて、近村に在ったキリスト教講義所へ出掛けて、日曜の説教を聴くやうに」(同前著)なるのである。そして岡山市に寄宿して病院に通う一方、米人宣教師が経営する薇陽学院で英語や聖書を学ぶのである。それが明治二十七年(一八九四)、十五歳。その二年後、上京して前述した東京専門学校に入学している。英語を学ぶ傍ら毎日曜、市ヶ谷の基督教講義所に通い、植村正久の説教を聴くのであった。

その植村正久によって洗礼を受け、市ヶ谷の日本基督教会の会員となったのが明治三十年（一八九七）、十八歳。これほど急いで洗礼を受けた当時の白鳥の心情はどうだったのであろう。翌三十三年三月八日付敦夫宛の長い書簡から抜き出してみる。「今は都も村も、黒暗メチャ〱にて何が何やら人間は、五里霧中に彷徨せる有様」「殊に東京の青年学生の有様と云へば、話しにならぬ程にて、真面目に勉強する人は薬にする程にて、酒食、喧嘩、ゴマカシ、あらゆる悪徳は書生社界《ママ》に漲り」「私にても身体が壮健で、宗教の考もなくばとくに堕落致し居るべく候」という事情辺りがキリスト教へ急接近させたのではないだろうか。わざわざ〇印を付しているが、特に「宗教の考もなくば」が注目させられる。なおこの時期、白鳥はまだ身体壮健になっていなかったらしい。身体に自信のなかったことも教会へ足を向けさせた原因の一つかもしれない。

掲出歌は三十二年作とはいえ、元旦の書簡に記されているので事実上は三十一年作といえよう。すなわち、受洗した翌年、クリスチャンほやほやの歌である。しかも十九歳。若いだけに神を求める心も強かったであろう。ということで、掲出歌の「たゆまずに求め」るのは白鳥だから、「求め行きなん」としたい。添削を頼まれた弟、十七歳の敦夫はこの歌に対してどう反応したのかは分からない。「てにをは」の誤りではないので触れなかったのかもしれない……。ただ白鳥は神への傾斜もさることながら短歌への傾斜も強かったようである。

三十二年十月八日付の敦夫宛書簡には「歌は心の誠から出る物で、仮りにも偽は許しませぬ。自分の思ふまゝです。」「此心の誠を養ふ為に歌をみ、歌を作りなどすべき者」と記して、心の誠を強調している。この強調の底には、当時入門してたらしい松浦辰男の影響が濃厚である。松浦門下としては田山花袋や松岡（柳田）国男がいるが、同書簡に「私の門では田山花袋が男子では一番です。」とあるからである。ある日松浦家を訪ね、「偽を廃し正実を尚ぶ所、尋常の歌人とは等を異にする様に候」と感動している。こうした心の誠は「景樹になつて始めて歌の真相を見破たのですから、私等は尊ぶのです」と香川景樹を高く評価している。松浦は景樹の子、景恒に歌を学んでいる。

こうして歌道にも力を注いだようであったが、内村鑑三の講演や坪内逍遥の講義に惹かれてゆく。つまり作歌活動からは離れていくのである。三十三年の書簡では「予は都合によらば福嶌《ふくしま》新報記者になるかも知れず」と書く一方、「生涯の方針は教師となりて（略）且我が国最必要の青年訓導の業を取り、若し余力あらば西洋文学輸入の事を以て本とす、」と卒業後の職業に悩むのである。そしてその書簡末尾から三行目に「予は歌を作れず又作りたくもなし」と記すのである。敦夫の歌は読んだことがないけれど、白鳥は弟に作歌の座を一任したのだと思いたい。ただ掲出歌や参考に挙げた十首目、十一首目は、当時の白鳥の心の誠を詠ったものではないだろうか。

恋多かりし青春時代

――西条八十

西条八十という字を見ると、どうしても少年時に持った印象を拭えないでいる。つまり八十という年齢のイメージである。それは仲間の小学生同士で共有していたと思う。「かなりや」を教わった時、その作詞者の名前を見て、すごい爺さんなんだと友達が言い、皆で同意したものである。第一、仮名を振っていない「八十」を「やそ」と読める者は一人もいなかった。八十歳の老人を想像するしかなかったのである。「やそ」と分かってからも、それは筆名なのだろうと長い間思っていたが、実名なのだという。しかも、先代西条重兵衛夫人の名前を付けたのだという。女の名前である。

それはともかく詩人西条八十《やそ》に「青春の日記」がある。そこに短歌数首を見出したので挙げてみたい。八十、十八歳、と書くと、数字をひっくり返した遊びのようにもなるが……。

年ゆくかさびしく過ぎし十八の
　恋くりかへし除夜の鐘きく

歌中に「除夜」とある通り明治四十二年（一九〇九）十二月三十一日の日記であり、この歌の前に「少女の恋に始まつたわが十八歳の日記は、依然として少女に対する恋を記して終る」という一行がある。八十は明治二十五年（一八九二）一月十五日生まれだから、厳密にはこの時まだ十七歳。満十八歳には二週間ほど残しているが、当時の数え年十八歳が終わる大晦日に、過ぎた恋を繰り返し思い出しながら除夜の鐘を聞いているのである。「さびしく過ぎし」とあるから、恋は実らなかったのであろう。除夜の鐘は百八の煩悩を除去するという意を寓して百八回撞くというから、八十は鐘の音を聞くことで、繰り返した恋の煩悩を除去しようとしたのであろうか。多感な年齢とはいえ、どれだけの恋を繰り返したのであろうか。

西条家はもともとは江戸時代からの質屋。その番頭だったのが八十の父親で、つまり両親は養子夫婦である。父親が代々の重兵衛を名乗るのだが、父の重兵衛の時に、質屋を廃業して石鹸製造業を創めている。当時は珍しかったわけで、自家製造ばかりではなく、外国からの輸入石鹸も販売していた。しかも当時は日露戦争に勝利、それに因んで「乃木ムスク石鹸」とか「東郷化粧水」などを製造、新聞などでも大々的に広告したので随分と売れたらしい（因みに、当時十三歳の八十が、凱旋した乃木将軍を父の名代としてその私邸を訪ね、「乃木ムスク石鹸」を献呈したところ、乃木大将が八十の頭を撫でたという逸話もある）。なお舶来の石鹸や香水、化粧水のレッテルが八十を刺激したらしい。レッテルに惹かれ、エキゾチックな夢を描いて楽しんだというから、このあたりに後の童謡や詩の基があったようにも感じられる。ところが翌年十四歳の時、父が脳溢血で急逝するのである。父は莫大な資産を残していた。土地だけでも、中央線大久保駅周辺に一万余坪（一坪は約3.3㎡）、西大久保に三千余坪、その他あちこちに土地と家があったのである。もっともこれらの遺産は、放蕩者で八歳年長の兄と腹黒い番頭に合法的に略取され、八十が気づいた時にはほとんど何も残されていなかったが……。

もちろん、「青春の日記」にはそうした事情は八十が知る由もないから記されていない。仮にこの時点で兄と番頭による略取を知ることになったら、繊細多感な八十は生きていなかったに違いない。というのも、そうした家庭の事情とは別に、日記中には「キット死んで見せる、」とか「僕はキット近いうちに死ぬだろう《ママ》。」という語句が目立つからである。

ところで年譜によると、この十四歳時、自宅からさほど遠くない場所にあったかかりつけの医院の、薫という娘に初恋をしたのである。同じ齢であった。三年後の四十二年六月二十日の「青春の日記」に「薫子は如何にせし？」と思い起こし、十二月十日には「急にあの古い初恋の女がしたはしくなつた。／奇異な運命なる女、吾がながき生涯の記憶に恋の第一印象をあたへたる女よ。／あの白き顔をおもひ、吾に接したる時の眼の表情をおもひ見、なつかしさたえず《ママ》、」と記し、同十七日には「夕方、薫子の写真を見てゐて、たまらずなつて、その上に熱い唇をあてた。」のである。そして涙をこぼし、「奇しきかなこのうつし恋よ吾れみたび／裂きすてたるになほこゝにあり」と詠んでいる。さらに大晦日には「暮れんとするこの年の薫子の若々しい顔が、一目なりとも見たかった、」と記し、冒頭の掲出歌が詠われている。この日記中に「あの古い初恋の女」「恋の第一印象をあたへたる女」とあるように、薫を初恋の女としたいのだが、八十の娘、三井ふたばこの解説によると、樹木の多い小高い家を指し「あそこが初恋の人、塩谷えんちゃんの庭だつた」と娘に語っている。このえんについては、明治四十一年（一九〇八）十六歳時の同日記四月六日の記に「幼ない時、親み合つた懐かしい姉君、えんちゃんはどうしたらう。」、五月十三日には「一枝折つて、『これえんちゃんのね』『これは僕のね』と別けあつた、こじめ桜や、（中略）恋しい、なつかしい、昔がしたはしい」と回顧されてもいるが、これ以後は見当たらない。幼い頃の記憶を辿っても曖昧になるのは誰しも覚えがあろう。実は八十自身、「どれを初恋と呼んでいゝか、定《き》めることは一寸《ちよつと》難しい。（中略）近所におとしちゃんと云ふ娘《こ》が住んでゐた。年頃は私とおなじだつたと覚えてゐるが、気の強い子で、私の生れた牛込《うしごめ》の払方町《はらひかたまち》から自分の住む浄瑠《じやうる》璃坂《りざか》へうち伴《つ》れて行く途《みち》にはいぢめつ子《こ》が出るといふので、私を庇護《かば》つてよく私の下駄を自分の草履《ぞうり》に穿《は》きかへさせてくれた。」（「初恋のおもひで」―随想集『丘に想ふ』より）という。このおとしちゃんも初恋の対象内にある。

こんなわけでどれが初恋か定めるのは難しいという。『丘に想ふ』は三十五歳の時に出版されているので、やはり満十七歳の日記の方が記憶も確かであろうから、初恋人は薫と考えたい。初恋はさておいても、このおとしちゃんについては、正月二日の日記に「夜新年会がある。おとしも来た。／眼――涼しい眼――手と手――廊下。／（とし子よ！とし子よ！おまへは何故行つちやつたのか、いつまで私の胸に深い手傷を負はせたか）（欄外後日の書き込み）」とあり、二月十三日の「今日の夕ぐれ、あはうと思つて歩いたけれど、遇へない。もう何処かへまた行つちやつたのだらう。／（敏子――敏子――）（後日の書き込み）」とある敏子のことであろう。さらには五月五日の記、「昔、お敏ちやんが来た時には何時も急いで出掛けて行つては、あの無邪気な笑顔を見たものだ。併し、今は哀しい。僕の胸はうら淋しい。終日敏ちやんのことばかり思つた。」とエスカレートしている。ところが、約三ケ月後の七月二十九日には「俊子を見むとて家を出で、彼女のほとりを逍遥ふ。遇はず。／あゝ、たゞ空しく悶えにたる三月や。いま、吾はすべての名誉――をも棄て、熱誠なる友が真情をも顧みず、彼を恋せり。母を欺き兄を欺き、自己を欺きてまで、彼を慕ふ我が心は何たる浅ましさぞや。俊子――彼は一介の貧少女、且ては、家に子守娘たりし賤しき少女にはあらずや、遠き日に於て薫子がやさしき熱涙にも背き、近くは喜代子をも冷やかなる別れに捨てし吾なるに…」と、敏子ではない俊子を思い詰めるほど恋している。この俊子は敏子とは別人であろう。

文中に、喜代子という女も登場するが、日記では六月二十日以後である。それ以前の三月八日の記には「季さんからハガキが来た。／(中略)写真を見て、人知れず泣いた。／季さん——季さん——。」と、季という女性が登場。この人については、一月十七日の記に、「大はゞの真紅のリボンをつけて、ふさ〳〵した黒髪をおさげに浪うたせて、矢がすりの美しい着物で、いつもやつて来た華やかな女子学院の生徒のひとりだ。その美はしい若い血のみなぎつた顔は私はいまでも忘れないひとだ。」と説明されている女。八十が牛込教会に通っていた当時に知り合っていた。ただ日記にはこれ以後見かけない。代わりに登場するのが喜代子。六月二十日には「今宵、十一時まで喜代子と語る。吾が語る一言一句を熱心面に浮べて、うれしげに聞き惚る、さま、捨てがたし。冷酷なる吾よ！苦しき過去に悔いず、如何にして、なほこの無邪気なる処女を欺かんとはするぞ?」とあり、喜代子は毎夜のように八十を訪れたらしい。七月六日には、「胸苦しくて、何事も言はずして別る。」。三日後の十日には「夜、九時、遂に喜代子に別離の期迫れるを明す。／喜代子、机の上に伏して首をもたげず、泣けるなり。／吾も誘はれて淋しく落涙す。」と記され、十四日を最後に別離している。

ここまでの女性名を挙げると、塩谷えん子、薫、おとし(敏子?)、季、俊子、喜代子と六人になろうか。この一人一人との恋を除夜の鐘を聞きながら「くりかへし」たというのであろう。その苦しさから「神――宗教にたよらうか、それとも、熱烈な、前後も弁まへぬ、盲目の恋《ラブ》に落ちやうか――これ二つだ。そうでなければ自分はたすからぬ。」と自分を責めぬく恋であり、ある日には「おろか者よ、今宵再び悶への種をまかんが為に、彼女のほとりをさまよへる、おろか者よ。（中略）忘れられない、あゝ、どうしても……。」と自分を愚か者呼ばわりしながらも忘れられない苦悩の恋を抱え込んでいる。そうした心情を考えると、除夜の鐘に苦悩の除去を願ったのではないだろうか。

そうした女たちの中で、大晦日の記述から推察すれば、やはり薫という女性が第一であったろう。娘ふたばこも「八十は最愛の人は心に潜ませてしまう癖がある。数年間、相愛の軍医の娘、薫子に会わない。」と解説し、薫を最愛の人としている。既述した十二月十日の日記部分の続きを挙げてみる。

かゝるとき声はりあげて歌ひたる
　癖ありしかどそれもよみぬる
淋しい、淋しい。
かゝるとき胸よりしぼるひとふしを

うたとは言ひ《ママ》な血と呼びたまへ

と、薫を思い起こし、切ない二首の短歌を詠んでいる。
ところで八十は、二十四歳で、小川晴子という女性と結婚したのであった。

謎だらけの作家

――石川　淳

くれなゐの椿は咲けど花は葉がくれはしけやし妹と逢う夜に人見つらんか

（『文士の筆跡2　作家編Ⅱ』二玄社）

この歌の形式は、五七七五七七という、いわゆる旋頭歌《せどうか》体である。現代の作家が、旋頭歌を詠むのは珍しいのではないかと思い、惹かれてしまった。「旋頭」は頭句に返るということなので、五七七の三句を繰り返す詩形になるらしい。五七七だけなら片歌という。したがって旋頭歌形式は、片歌＋片歌ということになり、片歌による唱和が起源らしい。つまり一人が五七七と唱え、他の者が五七七と応じるということになろう。旋頭歌は『古事記』や『日本書紀』の歌謡に見られ、『万葉集』にもあるのだが、平安時代以降はほとんど見られなくなったので、古代の詩形ということになる。石川淳全集を繙《ひもと》いても私にはこの一首しか見当たらない。俳句は三十句余、短歌は六首見出したのだが。出典の『文士の筆跡』は昭和四十三年（一九六八）に刊行されたもので、色紙写真として掲載されている。夏目漱石から三島由紀夫まで七十一名。石川の色紙は二枚で共に「夷斎」の署名入り。夷斎は石川淳の号。どちらも福永武彦蔵とある。もう一枚の色紙の歌も掲げてみる。

いつ幕をおろす芝居か去年今年
めぐるさかづき尽きぬうららか
歌枕井手の蛙も鳴き出て

とある。これなどは、五七五　七七　五七五という形式で、行変えもしており独吟俳諧の出だしのようでもある。それにしても謎めいている。

さて冒頭の旋頭歌に戻ると、「はしけやし」は「愛《は》しきやし」で、ああ、いとおしいなあ、恋しいなあという愛惜や嘆息を表わす意味。『古事記』で倭建命《やまとたけるみこと》が詠んだ「はしけやし吾家《わぎへ》の方よ雲居たち来も」が「此は片歌なり」と記され、知られている歌である。「妹《いも》」は男が女を親しんで言う語で、妻や恋人に使う。さて季節は春。人も植物も浮き浮きする季節。真っ赤な椿が咲いているがその花は葉に隠れて見えない。恋しい女と夜にやはり隠れて忍び逢うのだが、人が見つけるだろうか。葉隠れの椿の花を見つけだすように……。一般に完了の助動詞といわれる「つ」は同じ完了の「ぬ」と比べて意志的といわれる。ということは、「人見つ」は人が自然に見るのでなく、意志的に見つけることになろう。唱和風に解釈すれば、

「真っ赤な椿が咲いているけれど、葉に隠れているから花は見えませんね」

「いとしいあなたとこっそり逢う夜に、人に見つけられたらいやだなあ（椿の花が葉に隠れて見えないように忍び逢いが誰にも見られなければいいのだが…）」

ということになろうか。

　これを色紙に書いたのが昭和四十三年とすれば、石川六十九歳。八十八歳で亡くなる石川にとっては、この年齢はまだ壮年の意識だったかもしれない。ただし、出典の著書がその年に出版されたということで、色紙はいつ書かれたものかは分からない。作品の「解題」もそこまでは触れていない。ただ「いつ幕を……」の色紙の最後には、「丁未元日」とある。干支《えと》の丁未《ひのとひつじ》は、石川の生存中に二回巡っているが、明治四十年（一九〇七）は八歳、昭和四十二年（一九六七）は六十八歳。これを参照すれば、二枚の色紙は同じ年に揮毫したとしても、六十八歳の時ということになろうか。これを参照すれば、二枚の色紙は同じ年に揮毫したとしても、六十八歳の時ということになろうか。ここで詠まれた「妹」とは誰を指しているのか分かれば解明の糸口になりそうだが、それも分からない。それを謎にしたいのだが、年譜を探っても女性の名が現れない。年譜はほとん

ど石川の作品名で埋まっていて、書誌年譜といった観である。いつ結婚したのかも見出せない。活夫人《いく》がいるのである。「妹」は活夫人を指すのだろうか。それにしても石川淳そのものが謎という感じである。

石川淳は斯波《しば》淳として東京市浅草区寿町に生まれている。父親が同じ町内の斯波家に養子に入っていたからである。その父は政友会に関係し、東京市会議員や共同銀行取締役を歴任していた。淳は石川家の祖父母に引き取られて育っている。淳が祖母のはなの養子となり、石川姓を名乗るのは十五歳からである。その当時は中学生。祖父が昌平黌儒官を務めた漢学者であり、その薫陶を受けていたせいもあろう、中学時代の石川は秀才の聞こえが高く、副級長もしたらしい。一方浅草公園で、映画・落語・講談・歌舞伎などを楽しんだというから、懐が深く豊かに育っていったといえよう。その上、好男子であった。瀬戸内晴美（寂聴）が、菊富士ホテルに住んでいた石川についてホテル経営者の富士雄氏が「石川さんはとても美青年でハンサムでしたし、おしゃれでした。」と語ったと追悼記（「すばる」集英社、一九八八年四月）に書いている。それでいて、年譜には女の影がささないのである。この年譜の作成者は河上徹太郎をはじめ数名。「各氏の年譜・論考・調査を」参照しているとある。もっとも妻の活も協力して作成されたものなのだが……。

その活の著書の「はし書き」が「昭和二十四年、春盛んな頃である、私が初めて石川に出会ったのは——。」（石川活『晴のち曇、所により大雨—回想の石川淳』筑摩書房、一九九三年十一月一日）と書き出されている。昭和二十四年（一九四九）は石川五十歳。「当時、芝高輪の借家に住んでいた石川を、彼の知人の女性に誘われるまま何気なく訪ねたのだつた。」と続く。二人は意気投合したのであろう。年譜によればその年、港区芝高輪南町に転居したとあるのは結婚しての新居ということであろうか。活とは五十歳になってからの晩婚ということになる。「このひとは、梅の古木のような人だ。（略）幹は節くれ立つて、地を噛むようにがっちり根を張った大きな古木、無駄なものは一切身に着けず」というのが第一印象だったという。五十歳の石川を、梅の古木と感じたのが面白い。

石川の随想に「椿」がある。その冒頭部分に「大虹の椿花さく空かけて春のかなしみ燃えわたるかな」という一首があり、「ときに昭和辛亥の春さき、たまたま拙宅の庭にその大虹が咲いてゐた。」という。昭和辛亥《しんがい》の年は四十六年（一九七一）だから石川は七十二歳。大虹というのは椿の変種の一つらしい。前年の四十五年春に、千葉県市川の人がトラックに積んできて植えてくれたのだという。年譜によると二十八年（一九五三）二月に石川は杉並区清水町に転居しているので、その家であろうか。ただ、掲出した旋頭歌が四十二年作とすれば、この椿を詠むことはできない。「いつ幕を……」の色紙と同日に墨書したというには墨の濃淡、署名の字体に違和感を覚える。「夷斎」の「夷」の撥ね方が異なっている。また、旋頭歌の方が伸びやかな字体に見えるのである。つまりこれを書いた時の心境が穏やかな時期だったのでないかと想像してしまう。と感じるのは、年譜によれば昭和二年（一九二七）頃から放浪的な生活を始めたからである。まだ若い二十八歳の頃である。「翻訳・下訳仕事で生活の資を得ながら、住居は転々とする。薄汚れてはいてもホームスパンを身につけ、下駄履きに、フランスまたはイタリア製のハンチングを被り、（略）銀座・尾張町、神楽坂、歌舞伎町界隈を飲み歩いたりする。」とある。石川は東京外国語学校仏語部を卒業している。また、「……昭和四年ごろ、九段坂でヒッピーのような乱れた服装の石川氏に出会って、なつかしく話かけたが、なんとなく話を避ける風であった。」と作家の福田清人が回想しているという（渡辺喜一郎『石川淳伝』）。

ところで石川は五十歳まで結婚しなかったのだろうか。同書に「家族と鎌倉に寓居し、（略）「妻」の実家にも一時いたようであったが、〝何もしない〟でブラブラしている石川を見て「妻」の家族、そしてついには自分の家族からも見離されることになる。」とあるからである。さらに、実家が本郷の果物屋だったという高橋はまが石川について、「奥さんの実家にいたが、たぶん船橋にあったはず、盆栽いじりばかりして義父に叱られ、出てきてしまい、高橋の家に一週間ばかりいた。（昭和二年頃のこと）」という。これを読むと、昭和二年頃には妻がいたことになる。ただ結婚した時期も妻の名前も私には分からない。ますます謎になる。だから石川は、活と結婚したことで落ち着いたのではなかろうか。子供も二人生まれている。そんなわけで、旋頭歌で「くれなゐの椿」と詠んだ一方、随想では「冬と春との境目に火柱を立てたやうにあかあかと燃えて出

る。」と記し、「燃えわたるかな」と詠んだことからすれば、「はしけやし妹」とはやはり妻の活
というこ とになるのではないだろうか。結婚はしていても、どこか二人で見た椿を自宅の椿に寄
せて詠んだのだと考えたい。

死を急いでしまった才能

——中原中也

小田の水沈む夕陽にきららめく
きららめきつつ沈みゆくなり

（「千葉寺雑記」より　一九三七年二月）

小田は地名だろうと思い、千葉市の観光協会に問い合わせてみたが、そういう地名は見当たらないという。それで中原中也全集で解説を見たら、水田なのだという。一九三七年当時、千葉寺付近は水田と畑が続いていたらしい。全集では「小田」を「おだ」と読ませている。そこからは海も眺められたのであろう。というのはこの短歌の次に、

沈みゆく夕陽いとしも海の果て
かゞやきまさり沈みゆくかも

と「海の果て」に夕日が沈む短歌が続いているからである。すると小さな水田の群れに太陽が沈むのではなく、やはり海即ち千葉の海に沈むのである。

内容は、海に夕陽が今まさに沈もうとして、周囲の水田が鮮烈に煌めいている。それがあまりに眩いので、二度も繰り返されているが、夕陽が沈みゆく直前だけにいちだんと輝きを増しているというのであろう。今日一日世界を照らし続けた太陽の終焉の輝きである。それだけにいっそう輝くのであろう。

これが詠まれた一九三七年は昭和十二年。この時中原中也は一月九日に入院していた。入院先は中村古峡療養所。千葉市千葉寺の道修山の高台にあり、中也は精神科の患者として第三寮（隔離病棟）に収容されたのである。ちなみに中村古峡は夏目漱石の門人でもあった医師で、この年五十六歳、中也三十歳。

中也が古峡宛てに書いた書簡に「先生は入院当時の小生は子供以下であったと仰いますが、神経衰弱なぞになって面目ないという気がございました」という部分がある。神経衰弱で「子供以下」になっていたのである。古峡は患者たちと談話会を開いたり、著作もしていて、「入院患者の中には（中略）漸く小学生程度の知識しか持たない人々も多い」「当療養所に見えられる殆ど大部分の方は、少くとも二年、三年、時には五年十年と永い歳月を、或ひは強迫観念或ひは恐怖症と、苦しみ悩み続けて来た人ばかりであります。」（「療養日誌」）と記している。この当時中也は上野孝子と結婚していて、新宿の花園町花園アパートで長男文也と三人で暮していた。しかし、「子供以下」の中也を妻のみならず中也の母も持て余したに違いない。母親のフクと、中也が小父さんとか爺と呼ぶ海東元介が、診察を口実にして中也を連れ出し、強制的に療養所へ入院させたのである。

出典の「千葉寺雑記」は入院中に中也が書いた雑記帳だが、その中に「治療体験録」がある。その署名が柏村忠治。中也は、父柏村謙助、母フクの長男として山口県吉敷郡山口町に生まれている。したがって、柏村中也。謙助・フク共に複雑な養子縁組を経て、中原姓になった。父の謙助は軍医で、その上官の中村緑野が中也の名付け親だという。中村の「中」と緑野の「野」を音読みにしたというフクの供述がある。ただ中也は、父謙助を可愛がってくれた森鴎外が名付けてくれたと語っていたという大岡昇平の記述もある。ただここで、柏村忠治と署名しているが、「治」は「治」の間違いではなかろうか。「治（ヤ）」と「治（チ・ジ）」は間違いやすい字である。それはさておき、その中に「一、原因」として、「私の神経衰弱は、子供が急劇に亡くなって、所謂此の世が夢のやうに思はれたことに原因しました。」と書き出している。子供とは長男文也のこと。中也は昭和八年（一九三三）遠縁に当たる上野孝子と結婚、翌年の十月十八日に文也が生まれている。「文也の一生」という一文も残しているが、それを読むと中也はずいぶん「坊や、坊や」と文也を可愛がっている。「坊やを肩車して」「花火を買ひ来て坊やにみす。」「間もなく階段に登る。」など、生後間もない文也への愛情がほとばしっている。ただ、「階段中程より顛落。そのずつと前エンガワより庭土の上に顛落。」という描写もあり、それが直接の原因ではないが、十一年（一九三六）十一月十日に亡くなってしまう。満二歳。死因は結核。古峡が中也を「子供以下」と診断したというが、前記した中也自身の回想と重ね合わせると、「子供以下」というのは中也が文也になっていたのではないかとさえ思うのである。「此の世が夢のやうに」というのはそういうことだったのではないかと。母や妻は、二歳児になった中也を見ていたのではないか、などと想ってしまうのである。赤ん坊同様とまではいかなくても、児戯に等しい振舞をしていたのであろうか。なお文也が死去して一ヶ月後、次男が誕生しているが、この次男愛雅も、父の中也が没した翌年の一月、満一歳で死去。中也は子供運に恵まれなかった。

「中村古峡日記」によれば、中也はリンゲル注射をされていた。例えば、「一月二九日（金）／リンゲル静脈、神経科五本」とあるが、五人の患者に注射したというのであろう。こういう日々を繰り返しながら、中也は隔離病棟から千葉の彼方に拡がる海を眺めたに違いない。海に沈む日没の光景も見えたであろう。ところが同日記「二月二五日（月）」欄に「中原中也は無理に退院す。」

とある。前述した古峡宛て書簡に「何卒苦衷お察しの上、退院お許し願ひたう存じます。」とあるが、無理に退院したことになる。その訳については同書簡に、「今小生は十年に一度あるかないかの詩歌の転期に立ってをりますので、つまり今迄より一段と玲朗性が出る時に当ってをりますので」とある部分であろう。入院生活一ヶ月半で「無理に」退院したのである。冒頭に掲げた短歌の前にある、

ゆふべゆふべ我が家恋しくおもふなり
　草葉ゆすりて木枯の吹く

という歌は退院したい心情の揺れ動きを詠んだのであろう。「千葉寺雑記」には五首の短歌が記されているが、中也は山口師範附属小学校時代の頃から山口中学時代にかけてかなりの歌作をしていた。成績優秀な少年だったが、厳格な家庭への反発、文学への傾斜もあり成績不振に陥る。家庭教師の指導を受ける状況下で、「防長新聞」歌壇欄に次々と短歌が掲載されていく。十五歳の時には、友人たちと合同歌集『末黒野』を出版、「温泉集」という二十八首が収録された。中也は石川啄木の歌集を愛唱していたということもあり、啄木歌を連想させる歌もある。翌十六歳の時には、「文章倶楽部」にも掲載されるほど歌作に熱中、落第が決定すると山口中学校へは行

かないと家族に宣言したという。そのため京都の立命館中学校に補欠合格して家庭を離れることになる。家を出ることが中也の望みだったらしい。その頃から詩作へ向かう傍ら、女性との同棲も始めるという早熟ぶりを発揮したのである。

日記も残しているが、亡くなる前年、昭和十一年十月三十日の欄に「次第に、詩一点張に勉強してゐればよいといふ気持になる。」「もうもう誰が何と云つても振向かぬこと。詩だけでもすることは多過ぎるのだ。」と記している。この当時フランス語を学んでいて、「フランスの詩集を自在に読めるように、神に祈る。」ともあるから、勉強するという内容はフランス詩集を読むことも受け取れるが、やはり詩作することと考えたい。実際、この二年前には詩集『山羊の歌』を刊行している。そういう詩一点張りに向かっていた時期に、歌作するのは珍しいというべきであろう。それればかりではなく、「新短歌に就いて」(「短歌研究」一九三六年十二月号)という論文も書いている。新短歌つまり自由律短歌を論じているが、その中に「詩歌は理念を持つといふだけでは十分でない、その理念を蕩揺させてみるべきだといふこと、謂はば理念の余剰価値に迄到達すべきだといふこと、そこに於てはじめて詩歌は享楽されるものたるのみならず、意欲されるものとなる」とある。「蕩揺」とは揺り動かすことだから、理念そのものを揺り動かし、それが感動に繋がるというのであろうか。これは入院する前年に発表されたものである。

結局中也は、療養所を退院した後二月下旬に鎌倉へ転居、十月五日に発病した。眼底検査で、脳腫瘍に特有な鬱血乳頭が見えたのだという。六日に鎌倉養生院に入院するが、約二週間後の二十二日、結核性脳膜炎で死去してしまう。

こうして辿ってみると、掲出歌の沈む夕陽に中也を重ねてしまう。消えゆく直前の命の輝き。「一段と玲朗性が出る時に当ってをります」と古峡医師に訴えた心境。「玲朗」は玲瓏だろうが、宝石のように照り輝くのである。才能が煌めいたまま沈んでゆく……。ここに私は、中也の言う「理念を蕩揺させ」た心情を感じるのである。

心に多くの人間を棲まわせた大衆作家

――直木三十五

芥川賞・直木賞といえばほとんどの日本人が耳にしていよう。最も知られている文学賞である。ただ直木賞の直木とは誰のことかとなると、現代では芥川龍之介ほどはポピュラーでないかもしれない。第一本人自身が、「筆名の由来――植村の植を二分して直木、この時、三十一才なりし故、直木三十一と称す。」「翌年、直木三十二。」「三十三に成長して」「三十四を抜き、三十五と成り、」（「私の略歴」『直木三十五全集』二十一巻　示人社）と説明している通り、筆名が定まらなかったせいもあろう。直木は四十三歳で死去しているが、筆名は三十五で止めたようである。三十五歳は大正十五年、この年十二月二十五日に大正天皇が没し昭和と改元される。昭和元年は一週間ほどしかないが、直木が筆名を三十五で止めたのはそうした事情も関係しているかもしれない。作品としては、「去来三代記」を書く時かららしい。本名は植村宗一。

芥川が死去したのは昭和二年（一九二七）だが、直木が七年後の同九年（一九三四）に死去すると、時を同じくして死去した〈憲法の番人〉こと伊東巳代治よりも数倍の紙面を費やし、各新聞はその死を哀惜している。例えば東京朝日新聞夕刊の一面社説は「優れた剣豪の悲壮な斬死にも似たる直木三十五の死！　ああ彼こそ日本文学史に輝く巨匠！」とあり、久米正雄は「歴史小説家としては、もう誰が何と云ったって鴎外以後の第一人者だ。」と惜しんでいる。それほどに当時は大衆作家としての直木の声価が全国津々浦々までポピュラーだったということになろう。

吉川英治が主宰した「衆文」という、ほぼ一年間だけ発行した文芸雑誌があった。もちろん諸文芸誌も直木の追悼特集を組んだが、「衆文」も追悼号（昭和九年〈一九三四〉四月一日）を発行、その表紙を直木の短歌で飾っている。

憂国の情劣らねど
　小説を書くとし云へば
　　有閑と見らるゝ
　　　直木三十五

という直木の直筆体で、三行書き短歌である。いつ頃詠まれたものかは分からない。一読して直木の率直な心情を感じる。「憂国」は国家の現状・将来を心配することであろうから、そういう時代状況であったことを窺わせよう。私がこれを執筆している現在の日本も、改憲問題が浮上していて「憂国」者たちが大勢いることであろう。当時の直木もまた「憂国」の心情は厚かった。「有閑」は生活に余裕があり、暇のあること。「し」は強意を表わす助詞だから「小説を書くと」を強めることになる。小説を書く人は、生活に余裕・閑暇がある人と見られていたことになろう。なおこの短歌は友人の保高徳蔵も追悼の月報で記しているが、上の句が「憂国の志あれど……」（傍線筆者）となっている。しかし「衆文」の表紙になっている短歌は直木の直筆だから、保高の記憶違いであろう。ついでに保高の文章を書き添えると「……直木の家で落合った時、直木は机に向って五六首の歌を立ち処に書いて示した。」とあるので、直木は歌作も得意だったに違いない。

ところで直木は生活に余裕があったのだろうか。全集の年譜はほとんど書誌年譜に近く、生活の実態が掴みにくい。それで「衆文」追悼号に書いている作家笹本寅の「直木三十五篇」を参考にしたい。

生まれた所は大阪市南区内安堂寺町。生家の生業は古着商。私の故郷では古手屋《ふるてや》と呼んでいて、私の中学高校時代、学生服を両親が古手屋から米と引き換えて着せてくれたのを思い出す。古着とはいえ、新品同様だったと思う。当時だから羽織なども扱っていたらしく、「生活も、決して豊かではなかったが、小商人としての、普通の生活であった。」という。直木は、小学校時代は成績抜群だったが、中学時代は読書に熱中し始め、成績はあまり振るわなかったらしい。その市岡中学を卒業すると、岡山六高の文科を受験するのだが、初日に数学の試験があったのでこれを放棄、ボート漕ぎに行ったりしている。そのため大阪に戻り、日頃世話になっていた病院の薬局で手伝いをしているうちに、院長の紹介で奈良県の小学校の代用教員になっている。それで奈良と大阪を行ったり来たりする。中学生時代の同級生の母の実家が寺で、その寺へ直木はよく遊びに行っていたらしい。寺の娘で、同級生の叔母に当たる人に佛子《ぶっし》須磨子という女性がいた。寺が大阪京町堀にあったため、須磨子は「京町堀小町」といわれるほどの美形だったらしいが、この須磨子と直木は同棲生活を始める。早稲田大学英文科予科に入学した二十歳の時。ところがそのうちに月謝を納めないために除名されてしまう。倹約するためだったというが、以後も経済的には窮乏生活を続けたようである。大学の同期生たちが卒業して就職するのだが、当然のように直木は取り残される。しかも長女誕生。そのため友人の紹介で、妻の須磨子が読売新聞の婦人記者として働き、直木は赤ん坊のお守りをしながら留守番、赤ん坊に乳を飲ませるため妻の勤務先へ行ったりしたのだという。これが二十五歳の頃。四年後には長男誕生。

そうした苦境の中で、直木三十一の筆名で「時事新報」に月評を書いたり、ゴシップ雑誌「文藝春秋」に辛辣なゴシップを書きまくり、その売り上げに大きな貢献をするのである。筆名は直木三十二。プラトン社に入社するとそこから発刊された雑誌「苦楽」に仇討ちものを発表する。

特に「心中雲母坂」が非常に好評で、これが阪東妻三郎プロダクションで映画化されると直木は映画にのめり込んだようである。以来続々と直木三十三の筆名で作品を発表、京都に「聯合映画芸術家協会」を設立するまでになる。直木三十五としても多数の作品を発表する。ところが翌昭和二年、「聯合映画」がつぶれてしまう。以前から「聯合映画」の経営は楽ではなかったという。それで東京に帰ることになり、先に荷物を駅から送ったのだが借金のために荷物を差し押さえられたという。親子四人は着の身着のままで菊富士ホテルに落ち着くという、ひどい窮乏時代だったわけである。そのあたりを菊池寛は「とにかくも数十人に余る技師俳優を如何にして養ってゐるか。何等の財力なくして、よく四社聯盟の圧力と対抗して」「東京関西来往の汽車賃にも窮し」(『新作仇討全集』序)と記しながら、直木を快腕と糞度胸が躍如していると称している。ともかく経済的には逼迫していたらしい。こうした中で昭和五年(一九三〇)、一代の傑作といわれる「南国太平記」が発表されると、直木は一躍大衆文学の寵児となるのである。ところが翌六年九月、満州事変勃発。軍部の有志と大衆作家の一部が提携するが、直木もその一員となっている。毎月五日に定期的に懇談会がもたれ、「五日会」と呼ばれた。直木の他には、吉川英治、三上於菟吉ら十名。これにより、マスコミは国策迎合との批判、抗議を展開した。すると直木は、売り言葉に買い言葉といった感じで、おれは頼まれれば、狸にも餅屋にもなる男だから、ファッショくらゐ何時でもなってみせる、というような啖呵を切ったという。こうした性格自体が大衆向きだったといえそうである。そして昭和七年に限り、「ファッショ宣言」を行い、五月には戦争小説「日本の戦慄」を書くために単身で、上海の戦線観察に赴くのである。「……直木は……よく知つてゐる通り、性格的にはファッショ的だつたと言へるが、決して意識的にはファッショではなかつた。……直木の内部にはじつに多くの人間がゐて……決してそんな単純な人間ではなかつた。」（「直木三十五の友情」）と友人の青野季吉が分析している。

　これらを踏まえると、掲出短歌は満州事変勃発の頃に作られたのではないかと思いたい。当時中国の排日運動が激化していた頃である。満州占領を企てた日本軍による鉄道爆破事件を契機に事変は展開する。それが六年九月十八日。「憂国」とはそうした日本の事情を指すのではないだろうか。そして直木は、いつでもファッショになってみせると啖呵を切ったというから、事変で言えば日本擁護の立場であろうか。ただそれも、七年（一九三二）限りの宣言だったという。七年には満州国の建国宣言がなされている。この間、六年には諸誌に随筆も含めて三十篇を超える作品を発表、約十書を刊行、七年になると六十篇超の作品、十書の刊行と大量生産化している。七年は四十一歳だから、二年後に死去する直木としてはまさに骨身を削って書きまくった感がある。その意味では「有閑」などはなかったであろう。それでも小説を書くと「有閑」と見られたということを直木は恥じるように詠う。これは当時プロレタリア文学が盛行していたことと関係するのではないだろうか。労働者階級の立場に立ち、社会主義思想に基づきながら現実を描こうという文学である。大衆文学作家といわれる直木としては、労働者大衆側に立たなくていいのだろうか、というような心情に駆られなかったであろうか。ひょっとすると、いつでもファッショになってみせるという啖呵は、そうした心情を追い出すための自演だったとさえ思いたいのである。しかもこのプロレタリア運動は、直木の死去した昭和九年に弾圧によって敗退している。つまり、「有閑」と見たのはプロレタリア派の目からだったと考えたいのである。

直木は歌作も得意だったに違いないと前述したが、「衆文」に「余技」の題で七首の短歌と自作挿絵が載っている。歌作と絵は余技だったらしい。その中から気になった二首の短歌を記してみる。

思ふまゝ書けば発禁花引けば御用痴れ酔ひ嫂でも撲るか

住みにくき世となりにけり右傾左傾何れにつくも憂たてからまし

発禁に気を遣い、右傾左傾の狭間に揺れる直木の飾らない心情が表れているのではないだろうか。

民衆詩派の詩人と言われて

――白鳥省吾

仙台在住の私が岩手の故郷へ行く場合、東北自動車道がまだなかった頃は国道4号線を車で北上していた。途中、築館町付近に入ると西側に形のいい山が見えてくる。栗駒山。標高1626m。するると、うまれこきょうのくりこまやまはふじのやまよりなつかしや（生れ故郷の栗駒山はふじの耶まよ里なつかしや）と呟いたものである。岩手では須川岳、秋田では大日岳と呼ぶ山。私の故郷の山ではないが、須川岳として見る山より栗駒山として仰ぐ山の方が形がいいのである。そんなことから国道から遠望する栗駒山がしだいに心を占めていったと言える。その山を見るたびに私が呟く歌は、栗原郡築館町（現・栗原市）生まれの詩人・白鳥省吾が詠んだもの。この白鳥省吾を長い間「しらとりしょうご」と呼んできたが、本名は「しろとりせいご」らしい。本人は「しろとりせいご」「しらとりしょうご」を筆名として使っていたというから、「しらとりしょうご」でもよかったことになる。「しらとりせいご」も多く呼ばれているらしいが、その辺の事情は宮城県詩人会会員で研究家・佐藤吉一『詩人・白鳥省吾』に詳しい。
私の呟く歌は、七七七五調でいわゆる都都逸のリズムだが、本人は民謡としている。この民謡も好きなのだが、ここでは短歌を取りあげてみたい。

淙々の　軽辺の音の　清しさよ
　老い欅の影を　遊ぶ白雲

前記した佐藤吉一の著によると、省吾の文学碑が宮城県内だけでも二十四基ほどあるという。県外でも省吾が疎開した千葉県の二十三基のほか新潟県、兵庫県、三重県、茨城県、静岡県、神奈川県、長野県等広範に亘り、全国でその数は優に五十基を超えるという。正に民衆派詩人の面目躍如という感がある。内容も詩・和歌・俳句・民謡・校歌・訳詩と多岐に亘る。掲出した短歌は栗原市栗駒岩ケ崎軽辺河畔に建つ省吾筆を模刻した碑文である。「淙々《そうそう》」は水が流れて注ぐ音で、一般にさらさらと言ったりする。「軽辺《かるべ》」は軽辺川で、伊達政宗の五男宗綱の後見人だった茂庭綱元の企画のもとに、軽辺六左衛門によって掘削された疏水《そすい》だという。岩ケ崎の町内を流れる約10ｋｍの水路として親しまれている。「清《すが》し」は清々しいこと。「欅」は欅《けやき》の木。古名は槻《つき》。

落葉高木で、高さは30ｍにも達し、周囲は約3ｍほどになる。雌雄同株。仙台市定禅寺通りの欅並木が知られている。この短歌では老木の欅。樹齢何年のものかは分からない。その老木欅の地上の影の辺りを白雲が行ったり来たりして遊んでいるというのである。空は晴れ、白雲の影も地上で流れている光景。天突くような欅の高老木の影も。ただこの四句目は「欅」を「けやき」と読むと字あまりになり、音読みで「キョ」か「コ」と読めば七音に納まる。省吾は何と詠んだのだろうか。省吾は岩ケ崎小学校の校歌制作を依頼されて来た際、沼倉旅館（現・沼倉外科）に宿泊して軽辺川を詠じたという。碑は平成十一年三月に建立されている。

明治二十三年（一八九〇）に生まれた省吾が、太平洋戦争日本敗戦の前年即ち昭和十九年（一九四四）四月に千葉県に疎開する。省吾五十四歳。以後千葉県に住み続けた省吾にとっては、故郷築館町が望郷の町に変貌したに違いない。栗原郡は栗駒山がその象徴といえよう。また栗原を流れる迫川もその記憶の底に張り付いていたはずで、そこに繋がる軽辺川もまた懐かしかったはずである。そこには老いた欅もあったのである。その老木の影を白雲が遊ぶというのは、老木もまた共に遊んでいることになろう。と同時に私は子供たちの姿ではないかと思いたい。さらさらと音を立てて流れる軽辺川のせせらぎは、子供たちの声に違いない。それが清々しいのである。明るくて、音も響くような歌であろう。それは老いた欅が元気だからである。

欅を詠んだ和歌碑が宮城県内にもう一基あるので、参照してみる。

現世に　寄り添ひ生くる
目出度さを　み空に歌ふ
連理の欅

これは気仙沼市本町の観音寺境内にある和歌碑。「現世」は「うつしよ」と読む。「連理の欅」が詠まれているが、連理とは一本の木の幹や枝が他の木の幹や枝と繋がり、木目も通じることである。その現象から、夫婦または男女の深い契りを譬える。それで思い起こされるのは白楽天（白居易）の「長恨歌」。漢文の授業で一度は習うであろう。唐の玄宗皇帝が愛人楊貴妃へのいつまでも尽きない恋の恨みを歌ったものだが、一二〇句八四〇字から成る長編詩である。その終わりから四行目、三行目が「在天願作比翼鳥　在地願為連理枝」（「天《てん》に在《あ》りては願《ねが》わくは比翼《ひよく》の鳥《とり》と作《な》り、地《ち》に在《あ》りては願《ねが》わくは連理《れんり》の枝《えだ》と為《な》らんと」）（「天上にあっては、翼のくっつきあった鳥、地上にあっては、みきは二本でも枝のくっついた木になろうね、と」）（高木正一注『白居易』下）（傍線筆者）である。比翼連理という四字熟語の由来でもある。

仙台市青葉区大倉に西方寺という寺がある。定義如来として知られるが、境内には安徳天皇の遺品が眠っているという天皇塚がある。そこには、この地へ逃げてきた平貞能が、その目印に植えた二本の欅がいつしか一つになったという欅がある。いわゆる連理の欅である。私は毎年家内と定義詣でをしてその欅も見ているが、今は根元だけになり、それでも新しい枝が出ているので今後を期待したい。連理となるからには何百年の経過が必要となろう。長恨歌風に言えば、いつまでも愛しあっていたいということになろう。

というような連理の欅を詠んだ省吾の心中には、軽辺河畔の老欅にも連理を想定したのではないかと思いたい。「遊ぶ白雲」に私は子供たちを連想したのだが、つまり連理の欅の子孫たちだと……。省吾自身、齢を重ねるごとに古びるものへの愛着の度を増していったのでなかろうか。特に故郷への郷愁の思いと重なっていたと思われる。例えば、

現し世に　生まれし幸に
生きぬかん　一千年の
姥杉のもと

老欅ではないが、樹齢千年の姥杉《うば》が詠われている。現し世《うつよ》（この世）に生まれた以上はそれを幸として生きられるだけ生き抜こうという固い決意。この碑が白鳥省吾記念館敷地内にあるのも意義深い。姥杉の樹齢を借りて他者へ呼び掛ける、あるいは自分への励ましともなる詩精神こそ省

吾の本質だったように思えるのである。

省吾は築館町の自作農家生まれ。この築館町には伊豆沼がある。これは登米市にもまたがっているが、日本最大級の渡り鳥の越冬地として知られ、白鳥をはじめ種々の鳥が数万羽も飛来している。白鳥家の祖先は奥州平泉の藤原氏の家臣らしい。ただ築館町近辺には白鳥という姓がわりあい多いというが、伊豆沼に飛来する白鳥と関係がないのだろうか。というのもかつて農民には苗字が許されていなかったが、許可されてからは、さまざまな好みで付けたという。なにしろ、仙南の柴田・刈田両郡一帯には白鳥信仰の伝承を持つ神社もあるのである……。それはさておき省吾の父親は築館小学校の教師を勤める傍ら、夜学で漢学を教えていたという。句作もしていたらしい。省吾の文学への接近はそうした父親の影響があったであろう……。

母親の実家は小高い丘の上にあったらしい。そこに欅があり、その木に群れてくる小鳥を、伯父がその当時には珍しい火縄銃で撃ち落として御馳走してくれたというのである。省吾は欅を知っていたことになろう。

と欅に拘ってみたが、省吾自ら詩精神に触れた詩文を残しているので参照したい。

（略）貧富と階級のジャングルを脱却し、社会の禍福に生き、自由の世界に生きる。ありふれたもの、平凡なもの、健康なもの、のびのびしたもの、空気のような、日光のような、水のような、それらの詩をバックボーンとする。
自由なもの
明るいもの
清らかなもの
そうした詩を　（略）

（詩集『北斗の花環』）

社会派・農民派・民衆派と言われた所以《ゆえん》がこうしたところにあったのだと思いたい。

激しく燃焼した短き生涯

――北村透谷

逸題
浅しとな契りとがめそ浮世には
　離れ難きも離れ易きも

北村透谷の残している短歌は、全集で探す限り七首ほどであろうか。ここに記した短歌は「女学雑誌」（四一五号　一八九五年十月二十五日）所載、評論としての「亡友反故帖」に記されている五首中の一首である。これを掲載したのは島崎藤村。「北村透谷子の書捨たる反古にして、積んで其書斎に堆き中より、抜き集めて吾書架の一隅に保存し置きたるもの」である透谷の反故帖《ほご》から短歌を見つけて掲載したことになる。ただ「堆き中《うずたか》」から抜き集めたものの中からの短歌だから、他にもっとあったかもしれない。反故は書き損じた不要の紙だから、透谷にとっては書き損じた和歌ということになろうか。藤村が「亡友」と記したのは、透谷がこの「女学雑誌」発行の前年、すなわち明治二十七年（一八九四）五月十六日、自宅の庭で縊死《いし》自殺をしたからである。満二十五歳。藤村二十二歳。藤村はこの評論で三歳年上の透谷を、「吾は彼と相知り相慕ひてより極めて深情ある親友として忘るゝこと能はざるなり」というほどの「友」としている。

　掲出歌には「逸題」とあるが、決まりに外れて気楽に楽しむとでもいうのであろうか。ただ解釈が面倒である。まず「な〜そ」という語法に注目してみた。これは婉曲に禁止することを表わす。つまり、どうか「契りとがめ」ないでほしい、というのである。契《ちぎ》るとは、口で固く約束することだが、特に夫婦になる約束に使うようである。とがめる（古語はとがむ）とは責めるとか非難する意味。すると、「な〜そ」の間に挟まれているので、契りも禁止されてしまい、どうか約束せずに責めないでほしい、ということになり、矛盾するのではないだろうか。約束しなければ軽かろうが固かろうが、責める理由も無くなるからである。そこで、「な〜そ」の語法ではなく、「な」を助詞と考えてみた。「な〜そ」の語法にすると、初句が「浅しと」と四音で切るのも不自然になる。「浅しとな」と読むと「な」は軽い詠嘆を含んで念を押すような使い方になる。「浅いからといってな、」程度だろうか。「そ」は単独でも禁止の意味を持つ助詞。つまりは、お前がした約束は軽々しい約束だなと責めないでおくれ、と詠ったのだろうと解釈したい。この世には離れ難い約束もあれば破れ易い約束もあるのだから、と下《しも》三句は浅い契りの言い訳をしていると思われる。気楽に詠ったとはいえ、約束を反故にするような心情が気になってくる。浅い約束が透谷の縊死自殺と関わるのであろうか、と……。

この短歌がいつ作られたのかは分からない。透谷は明治元年（一八六八）、小田原の唐人町の、祖父が藩医だった家に生まれた。本名は門太郎。父はこの頃、大蔵省書記局に勤務していた神奈川県士族で、北村快蔵。透谷は東京専門学校（現・早大）政治科に入学するが、旅好きだったらしい。「一旦飄然として出れば、五六十日は帰り来らず」（宮崎湖處子「透谷庵を憶ふ」）というほどで、トラヴェラーと綽名《あだな》をつけられていたというのである。この旅好きは他家にも容易に泊まれる性格と関わっていたようである。

透谷が、後に結婚する石坂ミナの姿を初めて見たのは十六歳の夏。ミナは横浜の共立女学校寄宿舎から、夏休みのため鶴川村野津田の自宅に戻っていた時である。この時ミナは十九歳。正確には透谷より三年二ヶ月歳上である。ミナの父親、石坂昌孝は三多摩自由党の名士であった。透谷は東京専門学校の政治科に入学したわけだが、当時の自由民権運動に参加していたのである。もっとも、運動の進め方に疑問を持ち始めていた。なにしろ、運動の軍資金獲得のために強盗を働いたりするのである。透谷は懊悩を抱えて旅に出ている。透谷の旅好き、旅馴れはこうしたことから始まったのかもしれない。間もなく政治活動から離脱している。透谷はそういうこともあって、政治科から英語科に再入学している。

明治二十年（一八八七）十八歳の夏のことである。横浜共立女学校を卒業したミナが実家に帰っていた。東京市本郷区龍岡町の実家は、表が葉茶屋で裏が父昌孝の政治活動の隠れ家であったらしい。そこを尋ねた透谷がミナと突如激しい恋愛関係に陥るのである。それからは透谷の記述によれば、「既に数々嬢を訪ひ、数々宿泊したれば」（「一生中最も惨憺たる一週間」）という間柄になる。もっとも別室に宿泊したので、両者の間には肉体関係があったというのではない。それでもミナには透谷を愛する挙動が濃く、透谷は自制するのに七転八倒したらしい。石坂家で透谷は十時頃起床、午後四時頃まで対談するという有様に、ミナの母親から苦情が出たというのである。そういう状況の中で、一方では「石坂嬢と交際を絶つ可しと決心したり」（同書）とも思っていたのである。透谷がミナに惹かれた心情を文芸評論家・小田切秀雄は「かつて入りびたっていた廓の女らとの肉体関係とまったく異質の、精神の深部までをゆり動かすものだということを実感」（『日本近代文学大事典』）したのだと解説している。こうして二人は、翌年（一八八八）十一月三日結婚したのであった。透谷、十九歳十ヶ月、ミナ（慶応元年八月二十九日生まれ）、二十三歳。まさに「離れ難き」契りの仲だったといえよう。実は、ミナには平野友輔という許婚者がいた。ミナの両親が共立女学校にミナを尋ね、透谷との結婚を思いとどまらせようとしたこともあったらしい。透谷にミナを奪われた平野は長い間独身生活をしていたという。そういう背景を抱えての結婚であった。

　斎藤冬子という女性がいた。仙台出身の英語学者で、正則英語学校を創立した斎藤秀三郎の妹である。冬子はミッションスクールの宮城女学校在学中、仲間数名とストライキを起こして退学させられている。学校の教育方法に異議を唱えたらしい。それで明治女学校へ転校する。兄同様、英語力が抜群だったらしい。明治女学校といえば、島崎藤村が教えていたところだが、その藤村が辞めることになり、透谷が代わって勤務することになった。明治二十六年（一八九三）一月のことである。冬子は透谷に教わることになる。冬子の五歳ほど年下に、仙台出身の星良がいた。明治女学校での後輩だが、後に信濃生まれの実業家、相馬愛蔵と結婚し、新宿中村屋を創業した相馬黒光である。その黒光に回想記『黙移』がある。以下に『黙移』から抜き書きしてみる。「お冬さんは何處までも冴えた人柄、頭脳の人」。お冬さんとは斎藤冬子のこと。ただ黒光は直接冬子に会ってはいない。「お冬さんの姪のお幸ちゃん」の口から聞いたことをそのまま記したものである。「お冬さんが透谷に傾倒したと同様に、透谷が先生としてお冬さんに力を注いだことも尋常ではなかった」「いつの間にか透谷とお冬さんは一つ机をはさんで対ひ合ひ、まるで一問一答の形で教へ、質し、論ずる。」「先生と生徒の間が如何に接近してもその間が清純であった」「お冬さんはさうしてぐん〳〵透谷にひきつけられ、透谷の情熱に化せられ、文芸的から思想的、哲学的に、そして遂に死に方へまでも歩みを共にして行ったと見るのは間違ひでない」と考えるのである。冬子が病死したのは六月二十一日。透谷が自殺したのは五月十六日だから、約一ヶ月後である。二十三歳六ヶ月。死後、解いた病衣から透谷の手紙が出てきたのだという。透谷と冬子の関係が事実だったかどうかとなると、藤村は「それは女学校の生徒たちのあいだによくある、いつもそんな話ばかりしていた、それだけの事だったんですよ」（藤村直語）と否定している。黒光は、藤村と佐藤輔子との恋愛も取りあげ、「明治女学校の恋愛至上主義、所謂プラトニックラブの好標本」とも言っているのだが……。長々と『黙移』を引用したが、黒光の語ることが事実であるとすれば、既にミナと結婚している透谷は冬子と離れるしかない。ミナと繋がっている以上、離れること「離れ易き」と詠われたのではないかと考えたからである。

ついでに記すと、佐藤輔子が藤村と別れ、許婚者の鹿討《ししうち》豊太郎と結婚するが、その輔子の心情が「易《やす》」かったと思いたい。

を思いやり、透谷が贈ったという歌がある。

如何ばかり浮世の風はあらくとも心の柳めでたかるらん

この歌を黒光は、「随分下手な歌だと思ひますが、まさかこんな拙い歌を透谷が詠んだらうとは思はれない」「私の耳に入った時分にはこんな風になってゐた」「透谷の迷惑もさることながら、こんな同情がお輔さんに集るにつけても、鹿内《ママ》さんといふ人の役まはりのわるさも思はれ、気の毒にもなる」と記している。お輔さんは佐藤輔子のこと。

俳句一句の謎

晩年の恋

——伊藤左千夫

〔夜寒〕

恋人のぬすみを知りし夜寒哉

歌人であり、『野菊の墓』で知られる作家・伊藤左千夫の俳句である。季語は「夜寒」で秋。それだけで肌寒く感じる季節になったのだが、恋人の盗みを知って一層夜の肌寒さを感じている。恋人がいったい何を盗んだというのだろう。そして、恋人とは誰を差しているのか……。私にとっては謎が充満している句である。

この句の制作年月日は不詳。出典は「アララギ」（六の十一　大正二年十一月十五日）だが、これは左千夫追悼号で「左翁の俳句」の題で掲げられた五句中の一句である。註によれば、左千夫が晩年に門人の古泉《こいずみ》千樫《ちかし》に与えたものと推定している。左千夫の晩年となると、大正一（明治四十五年）、二年ということになろうか。左千夫は元治元年（一八六四）生まれで、大正二年（一九一三）七月没。四十九歳。現代からすれば、まだ十分に若い年齢で亡くなっている。

　周知のように左千夫は本所区茅場町で牛乳搾取業を始めながら短歌を学び、正岡子規門に入る。そうした背景もあり、左千夫はあちこちと旅をしている。松島をはじめ、銚子、筑波、御嶽、上諏訪、直江津などへ足を延ばしている。歌人として、作家として名声が上がるにつれて、講話も兼ねた旅が増したようである。したがって各地に知人が増えていったであろう。例えば長塚節《たかし》宛のこんな手紙を残している。「十二日朝浅間温泉を立つて茲《ここ》へ来た茲ハ柏崎の北方二里の在て《ママ》ある何の為に茲へ来たかと問ふ勿《なか》れ説明すれハ永いから畧《りやく》す」（読み筆者）。明治四十一年（一九〇八）五月十三日消印の手紙だが、不可解な内容である。もらった長塚節も困ったであろう。この時の左千夫は五月八日に東京を発ち、信州を巡った後、越後（新潟）の南鯖石《さばいし》に十二日から三日三晩滞在している。手紙の「茲」「北方二里の在」とは越後の南鯖石のことであった。浅間温泉に泊まった際歌会を開いているが、その時左千夫は、

　萌黄さす桑の家居にはしけやし越の少女や人待つらんか

待ち〳〵て得てし汝が文手にとると吾が手おの丶く心もどろに

という二首を詠んでいる（「萌黄」は青と黄の中間色。「はしけやし」は愛しい。「越」はコシと読む。「汝」はナ。「もどろ」は乱れる）。南鯖石に三日三晩滞在したのは、この歌中の「少女」「汝」に逢うためだったという。だから長塚に、ここへ来た理由を聞くなと言ったわけである。この女性は南鯖石に帰省していたらしい。ところが左千夫は三日三晩滞在しても、この女性に巡り逢えなかったのである。こうした前後の事情を左千夫は小説として書いている。『ホトトギス』（十一巻十二号　明治四十一年九月一日）に載せた「濱菊」。

矢代という左千夫の化身である主人公が岡村という友人宅に泊まるのだが、その待遇ぶりが不愉快になる内容である。「去年や其前年来た時のやうではない。どうしたつて来たから仕方なしといふ待遇としか思はれない。来ねばよかつたかな、こりや飛《とん》だ目に遭つたもんだ。予は思はず歎息《たんそく》が出た。」という落胆ぶりである。それに輪をかけたのが、逢いたいと思っていた岡村の妹・お繁さんが不在だったことである。「お繁さんが居れば、まさかこんなにおれに厭な思ひはさせまい。」「予を解してくれたお繁さんに逢へたら、こんな気苦しい厭な思ひに悶々《もんもん》しやしないに極《きま》ってる。」と思いを寄せるお繁さんに逢わずじまいになり、「恋は盲目だといふ諺《ことわざ》もあるが、お繁さんに於《お》ける予に恋の意味はない筈なれども、幾分盲目的のところがあつたものか、（略）」という風に小説は閉じられている。この作品を発表する前、五月十七日消印の手紙を篠原円太（志都児）に出しているが、そこに「越後の四日は濛気に任せるいつれほと、きすの一月号あたりへ小説として現はるへし」と予告していた。「濛気」は気がふさがること。一月号どころか、四ヶ月も早い九月号に発表したところに、左千夫のよほどの鬱憤が感じられる。この時左千夫は四十四歳。左千夫は明治二十二年（一八八九）二十五歳で、九歳下の伊藤トクと結婚していて、七人の子供もいる。

この旅をする前の三月、左千夫は「アカネ」（一ノ二）に「或女にかはりてよめる」という詞書で数首の短歌を発表しているが、この「或女」が気になる。例えば次の二首、

うつそみに神のゆるさぬゑにしとはかねて思へど猶し悲しも

うつそみにつまと云はなく心ぬちに相恋ふらくは神も許さめ

「うつそみ」は「うつせみ」でこの世のこと。現実には許されない恋をしている嘆きを詠い、心の中で互いに恋し合うのなら神も許してくれようとその切なさを詠う。「或女」に代わって詠むというのだが、心情は一つである。この「或女」とは誰のことなのであろう。小説中ではお繁さ

んがこれに相当するわけだが、創作上の仮名であろう。ただ、友人の岡村名は、仮名だとしてもあえて岡村名にしたのだと思われる。というのは、次のような左千夫宛の手紙がある。

「なんでおうらみいたしませうぞ／うすくらい二階の床の中で唯もう〳〵泣いてばかり居ります何んと言ふふしあはせな身になつた事かと、なんのこの浮世には小し《ママ》のみれんもないけれど私の心にたつた一つおさつし下さいねえそればつかりが悲しくてどうも死にたくわ有りません／でも今夜あたりの話の様子でそのあなたとも世の中とも永久に別れなくてはならなくやも知れません／床に這入つたきりすこしも動いてはならぬとの事ですがたれが此の身の世話なぞしてくれませうぞ（中略）どうか〳〵かならず明日十三日は来て下さいまし　涙が流れて書けませぬ　さよなら」。

　これは岡村チカという女性が送ったものである。最後の方に、「明日十三日」とあるので、明治四十五年（一九一二）五月十二日に書いたものではないかと推定される。左千夫四十八歳、死の前年である。「或女」とはこの岡村チカを差しているに違いないと思われる。小説「濱菊」では、岡村の妹としてお繁さんを登場させているが、おそらくチカがモデルであろう。それにしても彼女は病人である。どんな病気に罹っていたのか分からないが、かなり重症だったことが窺われる。絶対安静を医師から言われていたらしい。こうした病床のチカに代わって詠んだという意味の「病める女に代りてよめる」という左千夫の五首の短歌（「東京日日新聞」明治四十五年五月九日）が

ある。時期的にチカが病床にあった頃である。例えば、

　　我背子がいつも来ませる夕ころをいやさひしもよ紅梅の花

「我背子」とは女から自分の夫や恋人をいう語だから、左千夫は自分をチカの恋人にしているわけである。しかも、夕方にはいつもチカの許へ通っていたと詠む。「いやさひしもよ」はいちだんと寂しいと嘆く意味。

ところでこの手紙をもらった左千夫はどうしたのであろうか。同年の消印五月二十九日、岡村チカ宛の手紙がある。左千夫の住所は茅場町、チカの住所は本所区緑町の瀧澤方となっている。全集ではこの一通しか見当たらないので、全文記してみる。

「よんべはたいへ《ママ》失礼しましたわたしももうひとばんわかれをしみたいとおもつたけれどもいくらまつて丶もきてくれなければよんどころありませんこれでをさらばにいたします／みやうにちうへのまでをくつてあけるつもりでしたがつがうがわ《ママ》くていかれませんからあしからずわ《ママ》かひます／それからけんさんのあにさんへはあのしき金の弐円九十銭のうちてはらつてください／おまへもからだをたいせつにはやくたつしやにおなんない　さよなら　かしく／ちか女さまへ」。

冒頭に「よんべ」（昨夜）とあるが、五月二十八日の夜のことであろうか。そうだとすると、チ

カが必ず来て下さいと頼んでから、約二週間が経過している。もっとも、先述の短歌に「いつも来ませる夕ころ」と詠んでいるので、その間に何度か行ったのであろうか。左千夫の手紙の内容から推察して、チカの病状がだいぶ良くなっていたようにも思える。「いくらまつて、もきてくれなければよんどころありません」（いくら待ってても来てくれなければ拠所ありません）というのだから、チカはどこかへ出かけていたことになろうか。同時に、「みやうにちうへのまでをくつてあけるつもりでした」（明日上野まで送ってあげるつもりでした）というのは、チカが郷里の鯖石に帰るのを見送るつもりだったのだから、歩ける状態にまで回復していたことになろう。

左千夫晩年の恋人は「越」鯖石の人＝岡村チカという見当はついたものの、彼女の素性までは探れないでいる。いつ、どこで知り合ったのかも謎である。そして、句中の「ぬすみ」とは何なのかも分からない。どんな盗みをして、左千夫に「夜寒」を感じさせたのか知りたいのである。と同時に一方では、知らないままの方がいいのかもしれないという妙な安堵感も湧いている。

なお、高木葉子さんという方が所蔵している短冊には、掲出句の初句が「恋人乃…」とあり、署名が茅堂となっているそうである。なにしろ、左千夫は二十以上の号を使用しており、茅堂という号は左千夫の住居が茅場町だったことに由来していよう。高木葉子という女性は、左千夫とどんな関わりがあるのかも知りたいのだが……と、ここまで記してきて、結局は謎が謎のままで終わるのが無念である。左千夫研究家とは限らず、どなたかに、教えを乞う次第である。

生涯を独身で通して

——会津八一

しら露や君とうねらむ萩の徑

会津八一といえば、秋艸《しゆうそう》道人と号し、歌人・書家・美術史家として名高い。とりわけ、総ひらがな書きによる万葉調和歌はよく知られている。その八一は千三百句弱の俳句を残している。というのもそもそも、明治三十二年（一八九九）新潟中学五年級の十八歳の時、『ほととぎす』に「家主に薔薇呉れたる転居哉」を投句して掲載されて以来句作に励んでいる。そして翌年には、新潟中学を卒業して上京した折、正岡子規を訪問さえしている。全集の俳句欄を見ると、明治三十二年から同三十五年までの四年間の句数がそれぞれ百句を越え、四年間で八百余句を数える。十八歳から二十一歳までである。

ところでここに挙げた句は、残念ながら句作年代が不明である。不明句は四十四句を数えるが、この句は「秋」に属する十三句のうちの一句である。ただ、「しら露」「うねらむ」「萩」という語に注目すると、どうしても芭蕉の「白露をこぼさぬ萩のうねりかな」を連想するのは私だけではないであろう。気になって『芭蕉句集』(朝日古典全書)で確認するとこの句については三様の表記が記されている。「白露をこぼさぬ萩のうねりかな」「白露もこぼれぬ萩のうねり哉」「白露もこぼさぬ萩のうねり哉」である。それはともかく、八一の念頭にはこの芭蕉の句があったであろうと思いたい。この八一の句で気になったのが「君とうねらむ」の「君」である。「うねる」というのは、大きく波打つことだから、「君」と手を取り合って波のようにうねってみたいということになろうか。そこは萩の生えている道。白露が萩の枝葉にたっぷりと載り、たわわに垂れている情景。その間を二人でうねりながら歩きたいというのであろう。そのうねりは嬉しさ、喜びの所作であろうが、芭蕉流に、うねってもなお白露はこぼれないのであろう。そのこぼれなさに、二人の不変性を望んだのではないだろうか。もっとも、露は空気が冷えて露点以下に達した時に凝結する水滴だから、当然周囲は寒い。そうなると白露を身体に置いたままでうねりたいというのであろうか。うねりには身体を暖めたいという願望も含まれているのかもしれない。うねりは白露をこぼさないほどのしなやかな美しさでもあろう。そう考えれば「君」はやはり女性であろう。

次のような歌が見える。

丘の上の梅折りかざしさにづらふ少女のともは若菜つみつつ
人ごとのよごとを繁み久もあはぬ我妹が門の梅咲きにけり

これらは明治三十五年、二十一歳の時、東京専門学校高等予科（早稲田予科）に入学する直前の作。「さにづらふ」は「少女」にかかる枕詞。「よごと」は祝いの言葉。東京専門学校高等予科に合格した祝いであろうか。「我妹《わぎも》」は妻や恋人に用いた語なので、詮索を要する。実は、従妹の周子（周とも）が八一の許嫁（いいなずけ）だったと考えられている。周子は八一の母方の叔父・会津友次郎の娘。八一の両親は、友次郎が継いだ新潟の本家に同居していて、子供の八一たち兄弟もそこで生まれ育っている。ついでに、八一という名前は、明治十四年八月一日生まれによる命名という。明治十四年は西暦一八八一年なのである。また年譜を見ると、八月一日に上京したり帰省したりするのが目立つが、八一は誕生日を意識して行動していたように思える。たとえば、「八月一日は我が誕生日なり。此の日をトして郷里に向かって去る。」などという詞書があるほどである。それはともかく、当然周子の一家と共に生活していたことになる。その周子が、後述する渡辺文子の家に下宿していたのだが、本郷の蕎麦屋の息子と恋愛結婚をしてしまったのである。

それを知った八一は激怒したというが、一つ屋根の下で育った者同士では恋愛感情が湧きにくいということであったろう。ただ、これらの歌に現れる「少女」「我妹」は、歌作した時期的にみて、周子ということにはなろう。

八一は明治三十六年（一九〇三）、二十二歳で早稲田大学文学科に入学、同三十九年（一九〇六）、二十五歳で卒業している。その卒業する頃、八一は一人の女性に巡り合っている。八一の従妹・周子の友人で渡辺文子（渡辺ふみ）という。八一より五歳下の美貌の女子美術学校生であった。彼女が所属した太平洋画会には、高村光太郎の妻となった長沼智恵子もいたようである。才色兼備のうえ、文子の人柄は非常に明るく社交的だったらしい。

この文子に八一は執心したという。例えば親友に宛てた三十九年の手紙（七月三十一日付）の中に「トマトーを喰ひてはしきりにフミ子女史を想ふこと切にて候」などと見える。八一は早稲田大学を卒業すると、新潟市生まれということもあって、新潟県中頸城《なかくびき》郡の私塾的な有恒学舎に赴任している。その直後、同じ親友宛の手紙（九月十四日付）に「小生は深く彼の女を愛し、彼の女も亦深く小生を慕ひ候」とまで記している。そうした心情を詠ったと思われる歌群が見える。

①青丹よし奈良をめぐりて君としも古き仏を見んよしもがも（明治三十九年十月三十日）

（大意…奈良の地を巡り歩いて君と一緒に古仏を見たいものだ）

②わぎもこをまもれみほとけくさまくら旅なるあれがやすいしぬべく（明治三十九年十月三十一日）
（大意…御仏様、愛する人を守って下さい。旅をしている私が安心して眠れるように）
③秋山の色づく見ればその山のそきへに住める妹し思ほゆ（明治三十九年十一月十八日）
（大意…秋になって色づいている山を見るとその山の彼方に住んでいる美しい恋人を偲んでしまう）
④我妹子をしぬぶゆふべは入日さし紅葉は燃えぬわが窓のもと（同）
（大意…恋人を偲ぶ夕方になると夕陽がさし、部屋の窓の下は紅葉が私の心同様真っ赤に燃えている）
⑤◯◯の梢における白露のけぬべく妹を思ほゆるかも（同　◯は不明）
（大意…梢の枝葉におりた露がはかなく消えるように、恋人も消えてしまいそうに思うことだなあ）

「君」「妹」「我妹子」とさまざまに、文子はこれほどの愛情を傾けて詠まれたのである。ただ、⑤の歌が不安を与えている。愛するものが、消えてしまいそうだという。ここに「白露」が詠われている。掲出句も白露が詠まれたが、それは芭蕉流に萩の枝葉からこぼれてはならない白露である。なお、◯という二字不明な個所に、掲出句を参照して「秋萩」などと当ててみたが……。この歌では消えてしまう不安が覗いている。その不安は、しかし現実になってしまったのであった。

有恒学舎で英語教師として勤務している間の明治四十二年、文子は三歳年下の洋画家・宮崎（渡辺）与平と結婚したのである。もっとも、文子が宮崎にさらわれたのを知ったのは、四十年の年末らしい。それからの八一は荒れた生活をはじめ、酒に溺れたというのである（伊丹末男『会津八一と吉野秀雄』）。宮崎は「ホトトギス」や「国民新聞」にカットを描いたりしているが、第二回文展に初入選、第五回文展（明治四十四年〈一九一一〉）では作品「帯」と「こども」が入選。この第五回文展では妻の文子の「読書」も入選していて、彼女は画家としても活躍している。宮崎の画風は竹久夢二に影響を与えたともいわれるほどである。その宮崎が、明治四十五年（一九一二）に二十四歳で急死してしまうと、二人の幼児を抱えた二十七歳の文子は、挿絵や口絵の仕事をして生計を立てたのだという。八一が再度文子にアプローチするのはこの頃からではないかと研究者は指摘する。そうだとすると、掲出句の「君」とは渡辺文子と考えるのがやはり妥当であろう。おそらくは、白露をこぼさないほどのしなやかな美しさは、文子を連想したのではないだろうか。それは絵画的な連想でもあり、画家の文子と密接につながる連想だったろうと思われる。八一は後に美術史家としても活躍するのだが、その端緒はひょっとすると画家文子に思いを寄せた心情から発していったのではないかなどとも思いたくなるのである。

この句の句作年代が不明とあるが、状況から判断して、二つ考えられよう。一つは文子を知って有頂天になっていた頃。つまり、三十九年から四十年。ただしこの時期は、八一は中頸城郡の有恒学舎勤務期である。もう一つは宮崎が四十五年六月に死去した後。全集を見ると、明治四十四年、四十五年の句作は見当たらない。それまでの年、それ以後の年も句作しているのだが、この二年に限ってないのはやはり謎である。この時期八一は、四十三年に有恒学舎を辞任、上京して早稲田中学校の英語教師として転任している。四十四年から四十五年（大正元年）にかけては、修学旅行も含めて旅を展開するのである。学校業務も多忙であったろうが、文子への思いが鬱屈していた時期ではなかったろうか。

しかし、許嫁に背かれ、文子への愛も報われなかった八一の心の奥には、独りで生きてゆく決意が芽生えたのではないだろうか。たとえば次の歌などには、生涯独身を通した八一の心情の一端を覗く思いがするのである。

うらみ　わび　たち　あかしたる　さをしか　の　もゆる　まなこ　に　あき　の　かぜ　ふく
（『鹿鳴集』）

「春日野にて」という詞書で詠まれた中の一首である。漢字混りにすると、「恨み侘び立ち明かしたるさ牡鹿の燃ゆる眼に秋の風吹く」となろうか。牝鹿《めじか》を待ち続ける牡鹿《おじか》が、恨み侘びて一晩中立ち明かす姿に八一は自分を重ねたのかもしれない。こうした切なさから考えると、掲出句中の「君」とはやはり渡辺文子と思わざるを得ない。「君」と「うねる」ことを連想することで、せめてもの楽しさ、喜びを表現したものと思いたい。

終戦直後の中で

——吉屋信子

わが心探る眼知りつ春日桶

吉屋信子といえば、少女小説・家庭小説などで広く女性読者を獲得した作家として知られる。この句はその信子の作。「わが心探る眼」という語句には何か不安や不気味さを覚えてしまう。ただ季節が春の日とあるから明るいのが救いというべきだろうか。しかし桶とは何の桶なのだろう、何が入っているのだろうと思ってしまう。

この句は「瑞泉寺、久米三汀句会」の詞書《ことばがき》のある四句の中の一句。昭和二十一年（一九四六）、五十歳の作。瑞泉寺という名の寺は諸方に見受けられるが、ここは鎌倉の寺である。昭和十四年（一九三九）鎌倉大仏の裏に、信子は母のため、また時々の休養のため家を建てている。久米三汀は小説家・劇作家久米正雄。昭和二十年（一九四五）の終戦の年に、久米、川端康成、高見順ら鎌倉在住の文士たちが貸本屋「鎌倉文庫」を開いたが、信子も参加している。ただ、小谷野敦による久米正雄詳細年譜で調べてみたが、二十一年に久米が瑞泉寺で句会を開いたという記述は見当たらない。しかも年譜全体に瑞泉寺という寺名が出てこないのである（もっとも、久米の墓は瑞泉寺にあるけれど）。前記したようにこの句は四句の中の一句なので、他の三句も記してみる。

早梅のきびしく心触れしめず
花疲れ靴の埃に夕ごころ
背なの児をゆすりて母の氷水

（戦後焼土のバラックめきし銀座の氷店にての感傷の一句。入せんは嬉しかった。写実に情緒の裏付こそわが望むところ）と当時の入選句清書帳にしるした。以上わずか四句。さては没もあったか、忘れたが。

と後書きもあり、掲出句は二句目に記されている。これでみると、四句を一連としたテーマがあるわけではなく、句会で入選したものをメモしたものであろう。しかも最後に「忘れたが」とあるように記憶が曖昧なのである。ということは、詞書の「瑞泉寺、久米三汀句会」も怪しくなってくる。これも前記したように、久米が瑞泉寺で句会を開いたという記述が年譜に見出せないからである。ただし前年二十年には、四月十五日に海蔵寺で句会があり、また八月二十九日には八幡宮で催されていて、どちらにも久米も信子も参加している。八幡宮というのは鶴岡八幡宮であろうか。このどちらかの記憶違いということにはならないだろうか。とはいえ、「当時の入選句清書帳にしるした。」とあるから、やはり瑞泉寺での句会の作としておきたい。とすれば信子五十歳。

当時の信子は、小説「良人の貞操」が映画に舞台にブームとなっていたし、講演や多作の過労から胆石の発作に悩まされるようになっていた。さらに雑誌社や新聞社などの特派員として中国やインドネシアへ飛び、現地の報告を書くといったような多忙を極めていたのである。そのため十八年の年末に発病、一時恢復するが翌十九年三月入院して四月に手術。こうして五月に鎌倉に疎開したのである。世は第二次大戦中である。疎開はしても、文学報国会には召集されて時々上京していた。それ以外はもっぱら静養、読書に逃避する傍ら俳句へ打ち込み始めたのである。久米正雄居での句会が、「この淋しき時期の慰めであった。」と年譜にある。もっとも、信子が師事したのは高浜虚子で、本名で「ホトトギス」に投句もしている。久米が師事したのは碧梧桐だが、碧梧桐も虚子も正岡子規門だから元来同系統である。写生はさることながら、前記した後書きに「写実に情緒の裏付こそわが望むところ」とあり、信子は情緒を句中に忍ばせたようである。その虚子の指導が如実に入った句もある。例えば「『苦楽』招宴、大仏次郎宅」の詞書での二句の中の一句「日脚のぶ拭かぬ机の埃かな」の後書きに、「原句『机塵拭かねば目立ち日脚のぶ』虚子師の御添削大いに赤面。発奮、句の姿に考え及ぶ」とある。おそらく、「拭かねば目立ち」を信子は情緒と考えたのかもしれないが、情緒ではなく理屈と受け取られたに違いない。そのことに気付いたというのであろう。ほかにも「虚子師に見て戴きし句帖　十句」というのもある。なお、これらの句は『吉屋信子全集』(朝日新聞社刊行)に収められているが、その句集の冒頭に「今まで投句、句集にて句作せしものを集め置く。ある時期に自費刊行して知人に贈らんとも思う。／軽井沢にて」と記されている。ただ刊行されたのかどうか、年譜には見当たらない。

久米正雄は福島の安積中学校時代から句作を始め、河東碧梧桐に私淑して新傾向俳句の句作に没頭、三汀と号し、日本派俳人として嘱望されていた。それで俳人として立とうと思ったようだが、当時の流れもあり劇作、小説家へと転じている。ところで、久米の祖父・立岩一郎が宮本百合子の祖父・中条政恒の下で尽力、猪苗代湖から取水して安積疏水事業を完成させたが、そういう関わりで久米と百合子が知り合っていた。そして面白いことに久米は、八歳下の百合子へ何度も手紙を書き送り、親には注意され、百合子からはあなたの恋人にはなっていられません、という手紙をもらっている。この時久米二十五歳。そればかりではなく、この後、夏目漱石門下に入るのだが、漱石の長女・筆子に一方的ともいえる恋心を寄せる。しかし筆子が松岡譲に傾斜したことで破局を迎えている。百合子(当時は中条ユリ)や夏目筆子への久米の接し方を考えると、独身吉屋信子へどんな風に接したのだろうと気になるのである。掲出句の「わが心探る眼」の「眼」とは久米の眼ではなかったかとつい思ったりする。四十九歳もしくは五十歳の独身の信子を見ている、五十四、五歳の久米の「眼」はどんなだったろうと勝手に想像してしまう。

しかし誰の眼だったにせよ、その眼は「わが心探る」「眼」である。「知りつ」と詠んでいるから信子はその眼を知っていたのである。「知りぬ」ではなく「知りつ」。「ぬ」も「つ」も完了の助動詞と呼ばれているが、「ぬ」は自然体。「つ」は人工的・意志的だから、ここでは信子が積極的に知ったことになる。誰かからの噂ではなしに、自ら確かめるようにして知ったということになろう。

句中「春日」が季語というのは分かるが、その下の「桶」は何の桶であろうか。まさか「春日桶」という桶があるわけでもあるまい。瑞泉寺での句会がうららかな春の日。食事時となって桶にはその飲食物が盛られているというのであろうか。桶といってもさまざまあろうが、食べ物を入れた桶と考えれば、例えば寿司屋が寿司を運ぶときに使うような縁の低いものであろう。とはいえ、終戦直後のことである。おそらく食べるものも簡素なものであったろう。それらの飲食物を前にして、信子がそれらに強い関心を抱いたとすると……。「わが心」を誰かが「探る」のではなく、つまり食べ物を「探る」自分の「眼」を知ったということにならないだろうか。この時期は食糧難で、人々は飢えていた時期である。終戦前の二十年七月十一日、主食配給一割減となり、二合一勺（315g）になっている。これで家族が暮らせるわけがない。私は農家生まれだが、幼少時、街に住む何人かの人がやってきて、母が五合桝に米を入れ、その人たちが持ってくる品物と交換していた光景を思い出す。小学校卒業式に着た服が、その中の一着だったことが忘れられない。いわゆる物々交換だが、一種の闇米であったろう。二十年の白米相場は、10kg当たりの小売価格が東京で六円（朝日新聞社『値段の風俗史』）。警視庁が十月に発表した闇値は、米一升（1.5kg）七十円（岩波『近代日本総合年表』）。これを相場の10kgに換算すると、四百六十七円。相場の小売価格が六円だから、約八十倍という途方もない価格だったのである。これが翌二十一年には相場価格で十九円五十銭と三倍以上に跳ね上がっている。小麦粉などは四円から二十一円。このように、豆腐も煙草も、そして酒も何もかも終戦直後に高騰。まして闇値は推して知るべし……。六月二十二日に行われた食糧メーデーで持参したプラカード「朕はタラフク食ってるぞ、ナンジ臣民飢えて死ね」が問題となり、これを書いた人物が懲役八ヶ月に処されるという事件が起きたほどである。こうした食糧難の時期、信子自身、庭に山羊や鶏を飼い、野菜作りをしている。そうした食べるのに窮していた時期、「桶」の中身を探る「眼」を働かせていても不思議はないであろう。女性ならなおさらではなかろうか。建物もまた銀座でさえ「戦後焼土のバラック」だった時期の俳句である。

花野明りの背後

――久米正雄

仏光《ぶつくわう》も花野《はなの》明《あか》りの七ツ山《やま》

（『久米正雄全集』復刻版　本の友社）

小説家・劇作家・久米正雄は長野県の上田町に生まれているが、満六歳の明治三十一年（一八九八）、母方の実家のある福島県安積郡桑野村（現・郡山市）開成山に移住した。というのも、父が校長として勤める上田町の高等小学校で火災が発生、明治天皇の御真影が焼失した。明治天皇巡幸の際の宿舎にするため、新築したばかりの学校であった。そのため責任をとり、父が咽喉を突いて（一説に割腹）自決したのである。もっとも、学校改革を企図していたが反対され、その反対派への面当ての自決だったともいわれる。三月三十日のことで、父由太郎四十七歳。このことは正雄の底流に、一つの澱《おり》として沈み続けていたことは充分に理解される。

掲出句の出典は句集『牧唄』。花野が季語で秋。新傾向俳句に凝った正雄の句としては、この句は有季で韻律も伝統俳句である。秋草が色とりどりに咲き乱れた野原の光景。それだけで華やぎ、周囲が明るくなるであろう。仏光とは釈迦の教えを光に譬えたものであろうか。しかしこの熟語は辞書に見当たらない。ただ『日本仏教語辞典』（平凡社）に「仏光明」があり、仏の恩恵の意味とある。仏光が仏光明の略語だとすると、恩恵を光と捉え、仏の恩恵が花野のように明るく照っていることになろうか。仏とは死者も意味する。とすると、死者の恩恵で明るく照っているということにもなろう……。

こうした句に詠まれた華やかな風景を思い浮かべると、そういう風景を切り拓いた先人たちの苦労を偲ぶことにもなろう。この句は正雄がいつごろ詠んだものかは分からない。句集『牧唄』は大正三年（一九一四）七月に刊行されている。正雄二十三歳。正雄は、成績優秀のため福島県立安積中学校から推薦により、無試験で第一高等学校一部乙類英文科に入学。その同級に、芥川龍之介・菊池寛・成瀬正一・松岡譲・井川（恒藤）恭・倉田百三ら、後年活躍する錚々《そうそう》たる顔ぶれが犇《ひしめ》いていた。大正二年の九月に、東京帝国大学文学部英語英文学科に入学しているので、この句集はまだ一年生時の発行である。

正雄は安積中学校三年（十七歳）の時から同好の者達と作句を始めたが、西村雪人という俳人の教頭に指導されている。正雄はさらに河東碧梧桐に私淑して、俳号も三汀《さんてい》と決め、新傾向俳句に傾倒している。三汀と号したのは、開成山に灌漑用の池が三つあったかららしい。汀は水が打ち寄せる平らな砂地。郡山に来た新傾向俳人・大須賀乙字に雪人宅で会ったり、「郡峰吟社」の集まりに参加したりしている。しかも碧梧桐が主宰する『日本及日本人』に三汀名で掲載されるようにもなったのである。こうして句作への熱中は第一高等学校に入学するとますます募ったようで、東京俳句会にも入り、碧梧桐門下の日本派俳人として嘱望された。そのため俳人として立とうとも考えていたようである。

さて花野明りが七ツ山全体に及んでいるというが、七ツ山というのはどんな山なのだろうと思い、「郡山市久米正雄記念館」や郡山市観光課に電話で問い合わせてみた。ところが郡山にはそういう山はないというのである。それで手元の地図で探したところ、いわき市に見つけたが、ただそれは山ではなく、七ツ山という字名《あざ》である。すなわち、いわき市平大室字七ツ山。いわき市は海岸沿いであり、年譜を見る限り正雄がいわきに行ったという記述は見つからない。ひょっとして、幼少期に六年余り過ごした長野県上田にあるかも知れないと調べてみたが、七ツ山を見出せないのである。

この句の前に、

花野《はなの》丘《をか》も高《たか》う濱鳥《はまどり》閃《ひら》めかす

という句がある。この句からすると、花野は平坦な野原ではなく、丘であったらしい。丘と山との区分がどうなつているのか私には分からない。広辞苑の丘を引くと「土地の小高い所。低い山。小山」とある。辞林21では「普通、山より低く、傾斜のゆるやかなものをいう」と説明している。いずれにしても、山と比較してのものである。この句は、浜鳥が高く飛んでいるのではなく、浜鳥が飛んでいることで花野丘が高く見え、花野がいちだんと華やかに煌めいているというのではなかろうか。つまり浜鳥が低く飛ぶことで花野が丘になっていることになろう。浜鳥といっても、海の浜鳥ではないであろう。安積原野は、阿武隈川へ向かって五百川、逢瀬川、藤田川、笹原川などが流れているから、おそらくそれらの川辺に集う鳥たちが飛び回るのであろう。正雄が移住した桑野村の近くを流れているのは逢瀬川。この句を踏まえると、掲出句の「花野明りの七ツ山」とは、花野の丘を山と見たということになろうか。すなわち、そうした丘が七つあったことになろう。丘とは低い山なのだから。そうした丘がその辺りに七つあつたかどうかは私には分からない。ただ正雄の目にはそれらの花野が七ツ山に見えたものと考えたい。

ところで、正雄の母方の祖父は立岩一郎という。その立岩は明治五年(一八七二)、福島県典事(翌六年廃止の職)の中条政恒に従って安積郡の桑野村を開き、県立開成山農学校の校長を務める。

中条政恒とは宮本百合子の祖父で、開成山という地名の名付け親でもある。余談になるが、正雄は十三歳の時、五歳の中条ユリに初めて会い、十年後に中条家を訪問して文学などを話し合っていて、その二年後、中条ユリ十七歳の時だが、熱烈な手紙をユリに送って母親から注意されている。そしてユリから、あなたの恋人になっていられません、という手紙を受け取ることになったのである。後年、正雄が夏目漱石の門下生となり、漱石の長女筆子に一方的ともいえる恋心を寄せ、筆子が松岡譲に傾斜したことで破局に至ったことを連想させる。この失恋を基にして「蛍草」「破船」などの小説を執筆、人気作家となっていったのである。それはさておき、政恒と一郎の尽力により、猪苗代湖から水を引いた大事業、安積疏水《あさかそすい》ができたことは広く知られている。着工されたのが明治十二年（一八七九）、疏水が灌漑用水として開始されたのが十六年。正雄一家が桑野村に移住したのが三十一年だが、その十年後の四十一年（一九〇八）に郡山上水道用水として疏水が給水されることになったのである。猪苗代湖から取水して、広大で荒涼たる安積原野に農業用水、工業用水、飲用水、さらには水力発電にも使用される疏水は、画期的な事業であった。那須疏水（栃木県）、琵琶湖疏水（滋賀県・京都市）と並ぶいわゆる三大疏水の一つである。この給水は、住民たちには大層な喜びであったろう。正雄一家が移住した桑野村は二十二年（一八八九）に村制施行して発足していたので、正雄たちはその九年後に移住したことになる。おそらく、開拓されたとはいえ周囲はまだ原野が残っていたであろうと推察する。つまり、丘＝低山が正雄の目を射たであろう。それは一つ二つに限らなかった。数えると七つになったのである。ただそれらの丘＝低山は花の咲き乱れる、すなわち明るく美しい花野であった。それほどに水も豊かな原野となって開拓されたということであろう。

こう記してくると、「安積疏水の父」といわれた中条政恒と立岩一郎とが果たした業績は、並々ならないものであった。

安積疏水事業が着工された明治十二年、一郎は安積勧業開拓課出張所長として桑野に住む。当時の職員用官舎の一棟が現在も旧立岩邸として残っている……。一方政恒は十四年（一八八一）、当時の県令・山吉盛典により太政官小書記とされて東京へ去る。ところが二十六年に、桑野村民の懇請により政恒が桑野村へ戻ってくる。中条政恒がいかに村民の信頼が厚かったか分かるのである。一郎は十七年に青森県へ転属するが、二十八年定年となって桑野村へ帰り、翌二十九年公選による村長に就任している。正雄この時五歳。さらにその翌年は、安積郡会議員になる。明治三十三年（一九〇〇）四月、政恒が六十歳で死去、翌年二月、一郎が六十四歳で死去。二人は相次いで世を去ったのである。正雄十歳。

以上を踏まえるとき、掲出句で「仏光」と詠んだ正雄の脳中には、二人の業績が過《よぎ》っていたのだと思いたいのである。仏とは死者、すなわち政恒と祖父一郎。この二人の努力があったからこそ、この明るい花野の丘を七つも見ることができるのだ、と解するのは、牽強《けんきょう》付会《ふかい》に過ぎようか。

イタリアの女に魅せられて

――高村光太郎

春の夜や巧言伶色鮮矣仁

高村光太郎は短歌も数多く残しているが、俳句も数多く詠んだと推定されている。が、多くは散逸してしまい、全集で見るのは六十二句にとどまる。彼は十七歳で句作、歐村の号で「読売新聞」に掲載されてもいる。ここに挙げた句などは、洒脱な感じで覚えやすく、私の好む句である。『論語』学而篇に「巧言令色鮮矣仁」がある。一般に「こうげんれいしょくすくなしじん」と読み、この七字連続の語意について、吉川幸次郎は「巧妙な、飾り過ぎた言葉、たくみな顔色、という事柄、乃至は、そういう事柄をもつ人物の中には、仁、真実の愛情、の要素は少ない。」（中国古典選『論語』朝日新聞社）と解釈している。「矣」は読まない字で、断定をする。光太郎は論語のこの語句を利用したわけだが、ただ一ヶ所「令色」と書かず、「伶色」としている。同じ意味で用いているのだろうか。漢和辞典によれば、「伶」には「清らかな姿をした俳優」とか「澄んだ音の音楽を奏する人」とある。「令色」は簡単に言えば「おべっか」を言う顔つき。光太郎は両者を掛けたのであろうか。

論語の語句を理解したとして、これが春の夜とどんな関わり方をするのかという素朴な疑問にとらわれる。春の夜なら、むしろ蘇軾の詩の語句の方が思い浮かぶであろう。すなわち、「春宵一刻値千金」。春の夜の楽しく、素晴らしい趣は、そのひとときが千金（千両・大金）にも匹敵するほどの値打ちがある。小学時代、「花」（武島羽衣作詞・滝廉太郎作曲）を習ったが、その中の一節「げに一刻も千金の／ながめを何にたとうべき」を口ずさんでしまう。人口に膾炙された一句である。

春夜

春宵一刻値千金
花有清香月有陰
歌管楼台声細細
鞦韆院落夜沈沈

春宵《しゅんしょう》　一刻《いっこく》　値《あた》い千金《せんきん》
花に清香《せいこう》有り　月に陰有り
歌管　楼台　声　細細
鞦韆《しゅうせん》　院落《いんらく》　夜　沈沈《ちんちん》

「はるのよいのひとときは、千金のあたいがある。清らかな香気を放つ花。おぼろにかすんだ月。楼台の方から聞える歌ごえと笛の音はまったくかぼそく、中庭にさがったぶらんこがあり、夜は重たげにふける。」（小川環訳『中国詩人選集』）。

しかし光太郎は、春の夜の素晴らしさを直接詠んでいるわけではない。「伶」を「令」と同じとして論語式に解釈すれば、相手に取り入るような顔色をして言葉巧みに近づく者は誠意に欠けている、というのだから、春の夜の素晴らしさは言語に絶するということであろうか。どんなに分かったような顔をして、言葉巧みに春の夜の素晴らしさを説明しても、そこには真実味がない……と。

ところでこの俳句は、外国で作られたものである。光太郎は、二十三歳の明治三十九年（一九〇六）から、アメリカ・イギリス・フランスと海外に渡り、イタリアを旅したのが明治四十二年（一九〇九）、二十六歳。彼は「伊太利亜遍歴」として三十三句を詠んでいる。そのうちスイスで詠んだものが六句あるが、それ以外はミラノ、パドワ、ヴェネチアなどで詠んでいる。ここに挙げた句はミラノで詠んだ句の一つ。ミラノでは七句を詠んだので、ついでに他の六句も番号を付して記してみる。

①春雨やあかい袴《ジユボン》と黒い傘

②つま立って乙女が行くや春の雨
③我が顔の窓にうつるや春の宵
④満堂の女余を見る春夜かな
⑤我もまた女見かへす春夜かな
⑥我れ生れてミラノを見たり春の風

いずれも春の句。友人に宛てた書簡に、「伊太利へ廻るかも知れない」と記したのは三月二十二日付。「ヱニスに来て始めて伊太利へ来た様な気がしました。」と同じ友人に宛てたのが同月二十九日。「ヱニス」はヴェニス。時節柄春の句だけを詠んだのは当然ということになろうか。背景は「雨」「宵」「夜」「風」。④と⑤が掲出句と同じ夜が背景。掲出句「春の夜や……」は④の「春夜」と⑤の「春夜」に挟まれて発表されたものであるが、このことを重視すると、④は「女余を見る」であり、⑤は「我もまた女見かへす」とあって、「女」がきわめて重要な意味合いを持つことになりそうである。光太郎が妻となる智恵子と出会うのはこの二年後、明治四十四年(一九一一)、二十八歳の時だから、この「女」はイタリア人であろう。ただ④は「満堂の女」だから、堂の中にいる女全部ということになる。すると⑤では、光太郎がその女たち全員を見返したことになる。いったいどういうことであろうか。たとえば講演を頼まれ、女たちばかりの会場へ行った場合。その記録は見当たらない。ごく普通に考えられるのは、女たちばかりいる教会の建物に入った場合。一斉に日本人の光太郎を注視する……そこで光太郎も女たちを見返す……あるいは音楽会場とか。しかし音楽会場で女たちばかりが全員光太郎を見るとは考えられない。

しかもこれでは、掲出句の感興が湧くとも思えない。おそらく「満堂の女」の中の特定の女に光太郎は関心を抱いたのではないだろうか。そうであれば「巧言伶色鮮矣仁」ともなろう。というのは、「清らかな姿をした」女に「伶」を当てた気がするからである。すなわち、そのえもいわれぬ「伶」の女の素晴らしさに、「巧言」など不要な感動に陥ったのではないだろうか。まさにそれこそ、「春宵一刻値千金」でもあったろう。

前述したが、「伊太利亜遍歴」は三十三句あるのだが、三十二句目にこんな句があるのに気づいた。

伊太利亜の女買はばや春の宵

これも春宵。「ばや」は自分の願望を表す助詞だから、「女を買いたい」という意味になる。光太郎は、春宵に女を所望したのである。この句を参照するとどうなるであろうか。

以下は私の気ままな推察である。

同じ明治四十二年に作られた詩がある。高村砕雨名で「方寸」十二月号に発表した「にほひ」。三十行を超えるので、ここでは気になる部分だけを抜粋して、番号を付けてみる。

①ぷうんと妙な香がした。
②鼠啼きの音が四方から霰の様に聞えて来る。
③例の街だな、と思つた。
④軒燈が一列に並んで、ところどころ歯の欠けた様に黒くなつて居る。
⑤僕の體はまだ彼處《あそこ》の二階に居て、今歩いてゐるのは自分の魂の様だ。

書き出しの連続部分である。「鼠啼《ねずな》き」という語が出てくる。これは、男女が逢引をする時の合図で、遊女などが客を呼び入れようとする時に出す声でもある。光太郎は日本でいう花街に足を入れていたことになろう。光太郎は酒に酔っていたらしい。「僕の體はまだ彼處《あそこ》の二階に居て」とあるが、妓楼の二階であろう。

次に十行ほど飛ばして抜いてみる。

⑥息のつまる様な香が頭から被さつて、上手な按摩に急所急所を揉まれてゐる様な気持がした。

⑦口の中へ火の様な液體がどくどくと入つた。咽喉が焼けつく様だ。
⑧うなり獨樂の様な音が何處かでしてゐる。
⑨だしぬけにぴたりと熱いものが乳に觸つた。

この連続四行はどうだろう。光太郎はおそらく洋酒を思い切り飲まされている。意識が朦朧としている。そしてこの後「鼠啼きの音が草むらの虫の音の様にきこえる」中を帰ることになる。外に出た光太郎の目には、「幽靈の様な十二階の影がすうつと鼠色の空の中に立つて居る」のが映る。妓楼は十二階建て。

「にほひ」という詩を参照すると、明治四十二年、二十六歳の光太郎はイタリアの妓楼に足を踏み入れていたと推察される。それが「伊太利亜の女買はばや春の宵」の句につながっているのに違いない。つまり、「満堂の女」とは、妓楼にひしめく女たちではなかったろうか。その中の一人に対して「我もまた女見かへす」ことになったのであろう。それは光太郎好みの女だったことになる。そうとすれば、春の夜に、自分好みの女を傍らにして過ごすそのひとときは、まさに「春宵一刻値千金」であったはずである。しかも掲出句、「春の夜や巧言令色鮮矣仁」たるゆえんとなる。そう考えれば、「令」ではなく「伶」にした理由も分かるのである……と、私流の思い込みを記してみた。

もっとも、女をモデルに雇おうとしたのかもしれない、とも思われる。光太郎は彫刻家である。二年前の明治四十年（一九〇七）に「マデル」という詩を「明星」に載せているが、その最終連だけを記してみる。

立てる少女は疲れたる片手を伸べぬ。
『何事の難きかありて、さは苦き
色しておはす。ギイタアの聞きも欲しさよ、
酒せむに、今宵《こよい》来れと、よき人は云へ』

酒を飲むから今夜来てとわたしを誘ってよ、と懇願したモデルとも春宵に飲んだのであろうか。

改進党員としてのはざまで

——佐藤紅緑

少年小説『あゝ玉杯に花うけて』に夢中になったのは、同世代の人なら私一人だけではあるまい。その作者佐藤紅緑《こうろく》は詩人サトウ・ハチロー、小説家佐藤愛子の父親としても知られるが、劇作家であり児童文学者であり俳人でもある。正岡子規の門人であった。紅緑と俳号を名づけたのは正岡子規だという。本名は洽六《こうろく》。その紅緑に『花紅柳緑』（六人社　昭和十八年九月十日）という句集がある。紅緑がその序文に記しているが、明治・大正・昭和三代に約六、七千句を作句したという。その中から「選抜して四千余りの句を採録」したとある。句集は四季・動植物や天文などの項目別に整然と編集されている。

紅緑は明治二十九年（一八九六）から翌三十年まで仙台に在住した。二十九年は、三陸大津波の年である。六月十五日のことだが、紅緑の来仙は九月中旬。それまでは弘前にいて「東奥日報社」

にいたわけだからジャーナリスト。当然大津波の情報には接していたはずである。それで津波を詠んだ俳句を探してみたのだが見つけかねてしまった。来仙したわけは、仙台の東北日報社に入社するためであった。紅緑は明治七年生まれだからこの時二十二歳。ところが東北日報社は経営困難に陥っていたため、仙台市会議員、宮城県会議員を歴任して信望厚く改進党党員だった一力健次郎に再建を託したのである。紅緑も改進党党員。三十年に「東北日報」が終刊して二日後に「河北新報」と改めて創刊され、紅緑はその婦人家庭欄初代の主筆に就くことになった。俳句欄も設け、自分の句を掲載してもいる。この頃俳人としても活躍しており、国文学者で俳人の佐々《さっさ》醒雪らと「奥羽百文会」という俳句の会を起こしているほどである。

そしてその四月、一力社長夫人の妹・鈴木はると結婚する。つまり一力は紅緑の義兄に当たる。女中を雇い、毎朝二人引きの人力車で社へ出かけるほど厚遇されていたらしい。ところが、「河北新報」がそれまで改進党の機関紙さながらであったことから、不偏不党の立場を貫くことにした社長の経営理念と合わず、紅緑は退社して上京してしまう。

明治二十九年といえば、九月初旬には島崎藤村も来仙して、東北学院に赴任した年。その藤村が翌年、「河北新報を祝す」として千二百字弱の文を寄せている。「(前略)河北新報《かほくしんぱう》の発行《はつかう》に際《さい》して同社《どうしや》の佐藤《さとう》紅緑《こうりよく》君《くん》来《きた》りてわれに蕪辞《ぶじ》を求《もと》めらる(中略)紅緑君《こうりよくくん》の筆《ふで》の花《はな》にいたりては俳壇《はいだん》おのづから定評《ていへう》あり。思ふに新報《しんぱう》が、評論《へうろん》に、詩歌《しか》に、小説《せうせつ》に、俳諧《はいかい》に、今後読者《こんごどくしや》の趣味《しゆみ》を思想《しそう》とを導くこと、東都の新聞紙がなせしごとき成功を奏すべきものあらん。（中略）一月十八日、名懸《なかけ》町《てう》の客舎《かくしや》に於《おい》て、藤村《とうそん》しるす。」（明治三十年一月二十一日第二号・紅緑《こうりよく》のルビは原文のママ）と期待したのである。その藤村も三十年七月、紅緑より一足早く仙台を去るのだが……。

この後の紅緑の転居経歴が夥しい。年譜をめくってみると、七十五歳で死去するまで約二十回の転居を繰り返している。転居もさることながら、女との付き合いも派手である。真田イネ、三笠真理子（本名横田シナ）らと関わりを持ち、それぞれの間に子供をもうけている。長男の詩人ハチロー（八郎）は妻はるとの息子だが、作家の七女愛子は二番目の妻、女優真理子との子供である。はるとは大正十年（一九二二）に協議離婚をしている。そしてハチローも含めて四人の息子たちは不良だったことが知られているが、父親の姿を見て育ったということになるのだろうか。

ところで『花紅柳緑』という句集名に自分の号を入れたりしているが、紅緑は柳が好きだったのではないだろうか。柳を詠んだ句が四季それぞれにあり、全部で十八句見られる。そんなわけで、

後朝の又もござれと柳かな

という句に興味を持った。句の下には「明」とある。明治時代に詠んだということを示すものだ

が、何年に詠まれたものかは分からない。

「後朝」はきぬぎぬと読んで、男女が朝に別れることだが、共寝した時に重ねた衣をそれぞれが着て別れるからだという。それで「衣衣」とも書く。「柳」は川の畔に多いが、その柳が見える場所であろう。柳腰といえばしなやかな美人の腰、いわゆるやなぎごしというので、後朝の別れに相応しい女の姿を連想させよう。柳が「又もござれ」というようになよなよと揺れるが、その柳のような腰をした美女が見送っているのであろう。「廻れば大門《おおもん》の見返り柳いと長けれど」は樋口一葉「たけくらべ」の書き出しだが、吉原遊郭の正門にあった柳は遊客が名残惜しさに振返って見たのだという。そのせいか柳というと遊郭と結びつけたくなる。と考えると、紅緑はどこの遊郭で「後朝」の別れをし、どんな柳を見たのであろうか。仙台での体験と思いたい……。

河北新報社創刊時の住所は国分町二丁目。仙台の遊郭といえば常盤町にあった。定禅寺通り櫓丁と北一番丁との間である。広瀬川に臨んだ景勝地で、河畔の断崖上には青松が並び生えていて、常盤町の名称に相応しかったという。国分町からはほど近い。ただし、その常盤遊郭が明治十一年にできたのだが、二十七年にその筋により強制的に小田原の一角に移された。そしてその一角が常盤町となり、それまでの常盤町は元常盤町となる。紅緑が仙台に来たのは二十九年の二十二歳。したがってその年にはそれまでの常盤町は消滅している。現在は旅籠町とも呼ばれている新しい常盤町まで行ったのかどうかは難しい……。ただ、常盤町が消滅したとはいえ、元常盤町に

一、二軒は秘かに営業していてもおかしくはない、と思うのは的外れだろうか。

直木賞作家の娘佐藤愛子によれば、紅緑は「どこやらの美男コンクールで一等になったという噂もあるくらいの色の白い美男子で、才気縦横にしゃべり、機敏に動く」(『花はくれない――小説佐藤紅緑』講談社)男だったらしい。もてないはずがない。この紅緑が前述したように、一力社長夫人の妹と結婚したのである。儒学者で医者の鈴木春山の末娘はる、十六歳。「ごく普通の平凡な田舎娘」「普通に従順で普通に世間知らず」(同前)だったらしい。そのため「ハキダメに鶴」と言う人々もいたというほどである。もっとも政略だという者もいたのだが……。「結婚は彼にとって、人生の一些事に過ぎなかった」(同前)のであり、「女が男の人生に、与えたり奪ったりするものなど何もない」(同前)のであり、「女は男に従い、男は女を養い、性慾を満たす」(同前)だけだったというのが、紅緑の結婚観だったらしい。したがって「悪妻であろうと良妻であろうと、きりょうが良かろうと悪かろうと、どうでもよかった」(同前)のである。二十三歳時での紅緑がこういう考え方をしていたかどうかはいささか疑問だが、ただ、「ハキダメに鶴」と噂された紅緑が、じっとしていたとは考えにくい。なにしろ後に、妻以外の女二人に子供まで生ませている男であり、娘が記したような男である……と書くと、一方的だ、どんな証拠があるのかと批難されそうだが、もちろん証拠があるわけではない。ただ、娘愛子の記述と俳句から推測しているだけである。

柳は広瀬川河畔の柳ではなかったろうか。断崖の青松もさることながら、常盤町の部屋からは柳も眺められたであろう。その柳を遊女に譬えたに違いない。はると結婚する前か後かは分からないが、むしろ、結婚後だったのではないだろうか。平凡な田舎娘で世間知らずの妻に物足りなさを感じていたこともあろうが、なにより一力との軋轢が紅緑を苦しめたはずである。紅緑が仙台の東北日報に入社したのは、故郷弘前で改進党大会に出かけ、そこで宮城県の改進党支部長だった藤沢幾之輔と出会い、彼の斡旋《あっせん》によるものだったらしい。それで党員や新聞社の者たちが新婚の紅緑家に押し寄せ、始終酒を飲んでいたともいう。同様に新聞社にも党員が日夜編集部に居座り、改進党支部のような状況を呈していたらしい。一力も党員ではあるが、そういう状況に危機を覚えたのである。東北人は「白河以北一山百文《ひとやまひやくもん》」と明治政府から蔑《さげす》まれていたことに反発、そこから「河北新報」と改めた気概を示すためにも、一力は不偏不党を標榜することにしたという。紅緑からすれば、自分を斡旋してくれた藤沢への恩もあったであろう。一力とは決裂するのである。そうした鬱憤を晴らす場所が必要だったに違いないのである……。

柳といえば、『あゝ玉杯に花うけて』に柳光一兄妹が登場していたが、何か関係があるのだろうか。

山と雪

――室生犀星

　詩人・作家室生犀星は、詩は言うまでもなく短歌も俳句も数多く残している。というのも、彼の文学的な自覚は十代の頃からの俳句から始まったようである。魚眠洞という俳号で発行した最初の句集『魚眠洞発句集』（昭和四年二月）序文に、「自分が俳句に志したのは十五歳の時である」とあり、「新鮮であるために常に古風でなければならぬ詩的精神を学び得たのは自分の生涯中に此の発句道の外には見当らないであらう」と記している。この時犀星四十歳。また六年後の句集『犀星発句集』（昭和十年六月）の序では「十五六で俳句を書いてゐた私はそれから三十年一日として発句を思はない日とてなかつた」ともいう。犀星文学の底流を流れていたのは実に俳句であったといってもよいであろう。

　周知のとおり犀星は金沢生まれである。金沢は北陸。北陸といえば雪深い地方。すなわち寒い地方である。彼の頭は絶えず雪景色と寒さに覆われていたように思える。ふるさとは寒い雪国なのである。例えば、こんな風に詠まれる。

元日

元日や山明けかかる雪の中

(『魚眠洞発句集』)

一年の始まりから雪世界なのである。ただこの元旦は、句集発行の年の元旦とは限るまい。句集発行の前年、つまり昭和三年(一九二八)、養母の赤井ハツ死去により東京から一時金沢に帰ったが、十一月上京して大森馬込町谷中に居住している。日記に「一月元旦／夕方霙となる。初雪なり」とある。となるとこの句の雪は、東京馬込の雪だとしても、夕方からの雪景色だから俳句の景色とは異なる。夜明けが山の方から明るんで、雪の中で進行していく句である。谷中の家から見た山はなんという山か知らないが、句に詠んだ光景は、金沢で見慣れた光景を重ねたのではないだろうか。つまりそれまでの金沢での元旦の光景ではないだろうか。そのことは、

寒さ

ふるさとに身もと洗はる寒さかな

新年
新年の山見て居れば雪ばかり
（『犀星発句集』）

と詠まれている句とも共通していよう。

北陸地方の豪雪と寒気は、つとに江戸時代の鈴木牧之（一七七〇～一八四二）がその著『北越雪譜』で縷々記しているが、犀星はその寒さを「身もと洗はる」と詠んだ。この句集が刊行された昭和十年（一九三五）は犀星四十六歳。犀星はこの三年前、東京大森区馬込町東に新築して居住している。とすると、この寒さは必ずしも金沢の寒さとは限らなくなろうが、ただ、上五音「ふるさとに」はやはり金沢であろう。身元が洗われて真裸になったような寒さを感じるというのである。年譜によれば、「この年阿修羅のように活躍する」とあり、小説『神々のへど』『兄いもうと』（「あにいもうと」の改題）その他や随筆『慈眼山随筆』、俳句『犀星発句集』の出版、評論「復讐の文学」の発表等、また、「あにいもうと」による文芸懇話会賞受賞、さらには芥川文学賞の設定と同時にその選考委員に就任するという具合であった。こうした活躍につれ、室生犀星の身元が全国的に知られることも「身もと洗はる」ことであり、「寒さ」を感じることではなかったろうか。

また、新年の句についていえば、この翌年「犀星詩歌集」という副題のある『十辺花』（昭和十一年二月）を刊行したが、ここには七十一句の発句があり、その中に、

新年の山重なりて雪ばかり

がある。犀星四十七歳。東京在住である。さらに七年後の昭和十八年（一九四三）も東京在住だが、前掲の句集と同名の『犀星発句集』を刊行、

新年の山見てあれど雪ばかり

が収載されている。最初に挙げた句中の「居れば」が「重なりて」「あれど」と変遷しているが、いずれも新年の山を詠み、趣向は同じである。つまり、同じ趣向の句を三度発表、収録されたことになる。犀星五十四歳。同工異曲といってよいであろう。それにしても、三度も詠んで収録するということは、この句への並々ならない執着を感じさせられる。新年といえば、この光景ばかりが脳裏を占めていたのであろうか。もっともこれらが、故郷で詠まれたのかどうかは分からないとしても、東京在住の犀星が、かつての光景を思い出として詠んだものと思ってよいであろう。というのも、「新年の山重なりて雪ばかり」の次に、「新年の山のあなたはみやこなる」という句があるところからすると、やはりこれらの山は、故郷金沢から見える山に違いないと思えるので

ある。繰り返し詠むところに、犀星の心情が偲ばれてこよう。

犀星の本名は小畠照道《てるみち》。父親の弥左衛門は旧加賀藩士だが、照道は無名のまま生後一週間で近所の寺の、雨宝院院主・室生真乗にもらわれており、真乗の内縁の妻・赤井ハツに育てられている。そうして、明治二十九年（一八九六）七歳の時、真乗の養嗣子となった。養嗣子というのは家督相続人となるべき養子のことであるが、現在この制度は廃止されている。この二年後、実父の弥左衛門が死去、同時に実母のはるが行方不明となるのである。はるは小畠家の女中であった。こうしたいかにも物語めくような幼少期の不遇を知れば、本人ならずとも複雑な心情を抱くのは当然であろう。実母と養母の間で揺れる幼少期の心情は『幼年時代』（大正十一年十一月）に描かれている。実父の死去した日も「尺余」（30㎝以上）の積雪、葬式の日も降雪とある。ただ、寺の「うつくしき川は流れたり／そのほとりに我は住みぬ」（「犀川」）と詠っている。その犀川の西に住むので「犀西」とし「犀星」としたのは十五歳の時。したがって俳号ということになろうか。

ところで、新年からの雪景色は、子供にとって最初のうちこそは楽しく面白いものかもしれないが、やがては辛く重苦しいものに変わらないだろうか。少年照道にとって、自分の生い立ちを知り始めたとしたら、その雪景色は他の少年と違う光景に映り始めたといえないだろうか。雪の重みは二重に三重に照道にはのしかかったのではないだろうか。それは四十を過ぎても五十を過ぎても、三句共通の「雪ばかり」の光景だったのだと思いたい。

三句共通といえば「新年の山」も共通。「山重なりて」とあるように、金沢から見る山は多かったろう。犀星の詩「寂しき春」に「あをぞらに／越後の山も見ゆるぞ／さびしいぞ」という一節がある。越後百山と言われているように、越後地方の山は多い。ただ、犀星が幼少時代から金沢で見ていた山となれば限られてこよう。手元の『日本列島大地図館』（小学館）を開いてみると、白山・笈ヶ岳・奈良岳・砂御前山・大日山・医王山などであろうか。それにしても多い。隣県が富山だから、立山連峰なども目にするのであろうか。「新年の山」と詠う時、やはり東京から見る山ではないであろう。いずれにしても、それらに降る雪ばかりの光景なのである。

犀星は詩中でも多く雪を詠っている。「麦は雪のなかより萌え出で」（「旅途」）、「雪は哀《かな》しくなじみまつはる」（「京都にて」）、「ついともどれば雪がふり」（「木の芽」）、「雪かきよせて手にとれば」（「三月」）、「日は雪に埋れてのぼる」（「雪のなかより」）などなど。これらは詩の一節だが、詩の題名自体にも雪と関わるものが多い。「雪くる前」二篇「ゆき」「雪のなかより」「雪晴れ」「氷雪の間」など。こうした心情に閉じ込められていれば、その雪の先にあるものを願望しよう。すなわち春。よく知られている「小景異情」から二篇挙げてみる。

その五

なにこがれて書くうたぞ
一時にひらくうめすもも
すもの蒼《あを》さ身にあびて
田舎《ゐなか》暮しのやすらかさ
けふも母ぢやに叱《しか》られて
すもものしたに身をよせぬ

その六

あんずよ
花着け
地ぞ早やに輝やけ
あんずよ花着け
あんずよ燃えよ
ああ　あんずよ花着け

実家へしょっちゅう遊びに出かけていた幼時照道は、実家の果樹園でよく熟れた杏子《あんず》が好きで、木に登っては採っていた。それは、雪の季節の先に訪れる歓喜の春の光景であった。犀星にとって、雪とはそういう意義だったと思われる。

大きな悔いの影

——大仏次郎

少年時代、鞍馬天狗に夢中になったことがある。鞍馬天狗といえば俳優アラカンこと嵐寛寿郎。近所の遊び仲間たちは皆アラカンの大ファンであった。手拭を覆面にしたり、裏山の朴の葉を覆面にして天狗になり、チャンバラごっこをして遊び回ったものである。その鞍馬天狗の作者を長い間ダイブツジロウと呼んでいた。誰も異議を唱えるものがいなかったということは、皆でそう呼んでいたことになろう。もっとも、初代鞍馬天狗の尾上松之助が、撮影所に招待されて行った大仏を迎えた時、羽織袴で威儀を正して「これは、これはダイブツ先生ですか」と言ったので「大佛さん、飛び上がって驚いてしまった。」(渾大防五郎「映画になり初めた頃」)というから、少年たちがダイブツと呼ぶのも当然ではあった(ちなみに、鞍馬天狗役の俳優は十一人で、アラカンは二代目だという)。その名字をオサラギと呼ぶのだと上級生に言われて、やはり長い間違和感に悩まされたものである。第一、大仏をオサラギと読むのは難訓である。調べてみると、鎌倉市深沢の大仏のある辺りは、もともとオサラギという小字名で呼ばれていたらしい。後年私が幕末に興味を持ち、特に戊辰ものに惹かれていったのは、ダイブツこと大仏次郎の「鞍馬天狗」が源だったように思う。その名著『天皇の世紀』にはずいぶんと世話になっている。本名は野尻清彦。二十四歳で結婚し、鎌倉長谷《はせ》大仏裏に住んでいたので、筆名を地名に由来した大仏次郎にしたという。その筆名を用いた最初の作品は「隼《はやぶさ》の源次」。時に二十七歳。ちなみに、俳号は不通。英文学者で天文学にも詳しい民俗学者として知られる野尻抱影は長兄である。父親は日本郵船石巻支店に勤務していたので、そういう意味で宮城県との関わりがある(もっとも大仏は死ぬ前年、入院先の病室が空くまでの間、岩沼から仙台の一帯を街道沿いに歩いてはいるが……)。

大仏《おさらぎ》は時代小説をはじめ膨大な作品を残している中で、俳句もかなり詠んだらしいが全集ではなかなか見つけられずにいる。随筆全集の中に病床日記もあるが、その中に数句見出したのでその中の一句を挙げてみたい。

秋天に大きく通る悔いの影

雲一つない秋晴れの空が青々とどこまでも広がっている。そこを通り過ぎるものの影が目に入る。飛行機の航跡かと目を凝らすが、眼には見えない。それは悔い――心中から飛び出したものが影となって、航跡を残しながら秋天を通り過ぎているように見える。なんという果てしない悔い……。

病床日記は築地日記とも呼ぶ。この句を詠んだ日には「築地日記も百日を超え、四冊目となる。「本日は九月十八日月曜日にて、まつたく文字どおりの雲一つなき秋晴れ。」とある。

この日記は、昭和四十七年（一九七二）五月三十日、東京築地の国立がんセンターに入院した大仏が、六月二日から翌四十八年四月二十五日まで記したもの。四月三十日に逝去しているので、死の直前まで書き綴ったことになる。この句を詠んだのは、逝去前年の七十五歳。

それにしても、現代小説、時代小説、歴史物と膨大な著作を残した大仏が「大きく通る悔いの影」と詠んだのはいったい何だったのであろう。何が悔いなのであろうか。死を目前にして、走馬灯のように去来するものがあったのだろうか。それが謎である。

全集などの写真で大仏を見る限り、どれも穏やかな表情に見える。第一高等学校に入ってからは、勉強は怠けるようになり、野球や水泳に精を出したのだという。その結果「身長順でビリから二、三番で、体重十貫となく、上の学校へ行くと死ぬぜと教師に警告されたチビが、五尺八寸で、体重は十四貫の、すこし細長いが、なかなかスマートなアマチュア・スポーツマン」（『私の履歴書』）となったのである（一寸は約3㎝、一尺は約30㎝、一貫は3・75㎏）。直木三十五は「彼は私よりも背が高い。五尺五寸六七分の私よりも、高くて太い。そして美男子で、鹿のように、やさしい眼をしている。」(「大衆文学作家総評」)と見ていた。野球では投手をしており、「彼が投手で私が捕手をつとめ」「彼が長身から繰出す豪球はスピードがあって打者を悩ました」(平山孝「若き日の大仏次郎」)という証言もある。それで思い当たるのは、前述した日記の続きに、「王、対中日ダブルヘッダーにて三ホームラン。」などとあり、何度か野球試合の記述のあるのは、自分が野球を体験していたからだということであろう。野球の記述の前には、「三日間ほど八度五、六分の熱ある日続き、昨日は日曜にて doc 不在なれば、七度五分に外出。」とある。熱が七度五分に下がり、医師も不在なので外出して知人と食事をしているが、これも野球で鍛えた身体に自信があったからだろう。が、患者としては褒められた態度ではあるまい。ただこれは、悔いを残さない一つの方法だったかもしれない。

大仏は、昭和二十九年(一九五四)五十七歳の時、胃潰瘍で入院手術、二年後の五十九歳の時、咽喉癌の疑いで入院手術をしている。この癌が徐々に転移していったらしい。

為すも後悔為さざるも後悔、などと言われるが、となると、誰もが後悔しながら生きることになる。後悔しない人生などあるまいが……。この句を詠んだ大仏の心情を探るのは不可能だが、年譜上からそれらしい一端を拾ってみることにする。ほとんどが執筆・著作に関することで、例えば昭和三十八年(一九六三)、「パリ燃ゆ」を書き始めて三年目、「眼がとどかぬ点が残った不安もあります」(『パリ燃ゆ』あとがき)、また昭和四十六年(一九七一)七十四歳時、外出先で発作に襲われ入院、『天皇の世紀』を病院で書き続けるのだが、「血圧のせいかやや注意に欠けるところが在るようで不安になり」「粗末に仕事を進め悔を残すよりも」(「休載にあたって」)休筆して無念を残している。そして「軽薄でオッチョコチョイの気質が常につきまとい、物を浅く見て飛び移る蝶の気まぐれが一代去らなかった。その為に、私は小説らしい重い小説を遂に書き得なかった」「蓮葉な軽み、しおりである。」「長唄娘道成寺の詞どおり、都育ちは蓮葉なものじゃえ、である。」(『都そだち』あとがき)と自分を蓮葉だと追い詰めている。自分の小説そのものへの批判心情を吐露している。この辺りに関わるのかどうか、直木三十五は大仏の作品を「端的にいえば彼は野蛮人が書けない、豪傑が、線の太さが、無神経さが、戦国時代が、少くとも不得手である」(「大衆文学作家総評」)と見ていたが、これは前述した直木の「鹿のように、やさしい眼をしている。」という大仏の人物像に由来しそうである。このことは、大仏が終戦直後東久邇内閣の参与になった時、評論家・坂西志保と会見、その模様を報告した際「日本人には珍しいセンシチブな人ですねえ」と、彼女が感に堪えたように言ったという(木村毅「孤鵠のような作家」)が、直木の評を証言しているようにも思える。それはともかく、著作以外に悔いを感じたとすると、父親の期待が役人になることだったが、東大の法学部政治学科卒業間近に「就職を運動する心持も動かず外交官となる志望も失い」(「自記年譜」)、「親に無断で女房を持って鎌倉に住んでいる」(「鞍馬天狗と三十年」）ことなどであろうか。ただ作品についていえば、「私の小説は、真実の意味で、あまり理解されませんでした。（略）作者の慎重に隠してきた意図まで無視されて来たのです。これはただの小説でなかったと、将来には誰かが気がついて下さるでしょう。芸術らしく勿体振って、わざと難解に仕向けたものよりも、軽いと見て、手にしていると持ち重りするような小説が、この世に在ってもよいのだと私は信じます。」（「著者のことば」）と、「小説らしい重い小説を遂に書き得なかった」ことの秘密を明かすと同時に自負へと変わっている。

大仏に死が迫っている四月十五日の日記、「『天皇の世紀』最終回を書き筆をおく。完成に及ばざりし恨みもとよりあれど、病苦ノ裡寝台に仰臥しよくこゝまで書きしと思い感慨深し。」と記し、翌十六日には、「これで一生の全部の仕事より解放なり」「これだけ充実せる仕事のあとの感情、人の知らぬところならん。」「今となってみれば予は幸福につゝまれて来たり、落日の最後に到りその味一層深し。」とあり、十九日は、「一意神仏の思召に従うべし。よきも悪しきも安心して迷うことなかれ、死ぬものは死ぬるなり。」とすべてが払拭された心境に辿り着いたと思われる。病気を恨むとかその罹患を後悔するとかということではなかったようである。これは掲出句以後の心情であるが、「大きく通る悔いの影」も消えたのかもしれない。

ある女と別れる

――二葉亭四迷

　二葉亭四迷に、「くち葉集　ひとかごめ」「落葉のはきよせ　二籠め」「落葉のはきよせ　三籠め」というシリーズの作品がある。もっとも、「落葉のはきよせ　三籠め」は、原本に題名が付けられていないのだが、内容から判断して全集編集者（河野與一・中村光夫）がそのように名付けたものである。これらは、明治二十一年（一八八八）から同二十七年（一八九四）二月までの、二葉亭の感想や日記をまとめたもので、二葉亭の青春時代の動きが綴られている。二葉亭、二十四歳から三十歳までということになる。

　彼も歌作や句作に魅かれていたらしく、「落葉のはきよせ　三籠め」だけでも、短歌が一〇〇余首、俳句は五〇〇余句が載っている。といっても俳句の場合、類似句や書きかけといった感じのものも多数あり、完成句ということになれば数は絞られるに違いない。草稿句とでもいえばいいいのだろうか。年譜を見ると、明治二十五年（一八九二）二十八歳時、「この頃俳句を頻りに作った」とある。そうすると、この「三籠め」（以下この表示で進める）にはその頃の作句が含まれたことになるのであろう。

この頃の二葉亭は、内閣官報局雇員として月俸三十円を支給されていた。文学活動としては、前年に『浮雲』第二篇を出版している。ちなみに『浮雲』第一篇は前々年、すなわち明治二十年（一八八七）六月、表紙は坪内雄蔵（逍遥）名で出版している。本名長谷川辰之助から二葉亭四迷と号した最初である。その号の由来は広く知られているところだが、例えば坪内逍遥・内田魯庵・矢崎嵯峨の舎の談話として、父親から「文学なんかに凝る様ならくたばってしまへ」と言われ、その語呂を取って二葉亭四迷にしたと語られる一方、本人は「生活上の必要は益々迫って来るので、よんどころなくも『浮雲』を作《こしら》へて金を取らなきやならんこと、なつた。（中略）苦悶の極、自ら放つた声が、くたばつて仕舞へ〈二葉亭四迷〉！」（「予が半生の懺悔」）という。それはともかく、この年の七月「都の花」第十八号から八月の第二十一号に亘って、『浮雲』第三篇を連載していた。したがって、執筆に多忙であった。執筆は文芸のみならず、役人としてもロシア語の翻訳外報を数多く記している。二葉亭は、東京外国語学校露語科が東京商業学校に合併された翌年退学しているが、在学中は学業優等品行端正を賞されているほどロシア語に通じていた。そうした中での歌作・句作のほか手記も執筆している。

ここでは俳句に触れてみたい。

與某女別
ほろ〳〵とこほれて露の別かな
添ふ影の〈も〉きえてさひしき我身かな

（『二葉亭四迷全集』岩波書店）

「與某女別」（某女と別る）という詞書がついているが、この某女とは誰だったのだろう。また、どんな別れをしたのであろう。一句目は露が秋の季語だが、古来露は涙や人生の儚さに譬えられている。作者は涙を流し、儚さを嘆いているのである。二句目は某女と別れた以上、これまで影として添っていたひとがいないわけだから、寂しいのは当然である。ただこの句には季語がない。それと、初句が「添ふ影の」か「添ふ影も」か未定の状態で完成句にはなっていないのだが、心情は理解されよう。

「三籠め」が纏められたと思われる明治二十七年は二葉亭三十歳。前年、二十歳の福井つねと結婚している。もっとも、このつねとは、明治二十九年（一八九六）に離縁しているが、だからといって前出の句がつねとの別れを詠んだとしたら年月が矛盾する。この「三籠め」が明治二十七年二月までに書かれたものだからである。

明治二十四年（一八九一）二十七歳の時、『浮雲』三篇合冊を刊行した後、十二月三十一日に神田東紺屋町の福井粂吉方へ、外国語学校時代の友人と一緒に下宿先を変えている。そこは、後に妻となるつねの家であった。つね十八歳。

中村光夫が二葉亭について書いた「生涯と作品」に、二葉亭が変装して田舎の旅館を泊まり歩いたり、魔窟《うち》（売春婦の住家であろう）に出入りした挙句、次のような体験をしたという。「かれこれする間に、ごく下等な女に出会つた事がある。私とは正反対に、非常に快活な奴で、鼻唄で世の中を渡つてゐるやうな女だつた。無論浅薄ぢやあるけれども、其処にまた活々とした処がある。私の様に死んぢや居ない。で、其女が大口開いてアハハハと笑ふやうな態度が、実に不思議な一種の引力を起させる。あながち惚れたといふ訳でも無い。が何だか自分に欠乏してる生命の命といふものが彼女には沸々と湧いてる様な感じがする――私の心といふものは、その女に惹き付けられた」というのである。つまりこの女が、断定はできないが、福井つねではないかと推察されるらしい。境遇が似ているというのである。二葉亭が、伯父に宛てて結婚を報告した手紙がある。「私事ふとしたる縁にて妻を迎ゑ候……ふとしたることより人情の自然として遂にかゝる始末に相成《あいなり》おもへば不思議と外《ほか》おもはれ不申候《もうさずそうろう》」（読み・筆者）とあり、婚姻届を出したのは明治二十六年（一八九三）一月九日、長男の生まれたのは二月二十八日だから、今でいう、出来ちゃった婚をしたのである。事実上の結婚生活は、前々年、つまり明治二十四年あたりから始まったと思われるので、その年の年末に福井家に引っ越したのはそういう事情のせいだったのであろう。が、三年後には、前述したように離縁している。つねに不行跡があったという。

「三籠め」には、「女子」という短文もあるので引用してみる。「世の女といふものをみるに唯形の女らしからむことをのみ願ひて心の女らしうなきを顧みぬ者いと多し、形はうまれ付なれば、つとめずとも女子は如何にするともとこまでも女子なるべし。心の女子らしからむことこそあらまほしき事ならずや。心を女子らしうせむとおもはゞまづ女子のうまれつきをおもへ　女子の性は男の性とは異れり　男はたけく女はやさしきか生付《うまれつき》なるへし」(読み・筆者　傍線個所は濁点を付けて読む)。この文章はかなり古語調なので読みづらい。簡約すれば、外形が女らしいということよりも、心が女らしいことの方が大切であり、理想的なのである。もともと男と女の性《さが》は異なる。男は強く逞しく、女は優しさが生来のものである、ということになろうか。「女子」という題で書かれているので、女の本質が中心である。そしてこれは、二葉亭が結婚している間に書いているところを考えると、やはり妻のつねに対する気持ちの変化が表れてきたのではないだろうか。「心の女らしう」「心の女子らしからむことこそあらまほしき」「女はやさしきか生付」などを読むと、前出の二葉亭が魅かれた女の「大口開いてアハハハと笑ふやうな態度」「自分に欠乏してる生命の命といふもの」がうとましく見え始めたのではなかろうか。これらが離縁の発端ではないかと推察されるのである。

ところで、前掲の俳句は美濃判青罫和紙ノートに毛筆で書かれていて、実は欄外に「身の果は露とこほれて泪かな」「ゆく末を露とちきりて泪かな」の二句が記されているという。「身の果て」は作者にせよ、女にせよ「露」と「泪《なみだ》」に直結する。身の果てを想えば露のように涙が零れ落ちるというのである。身の果ては同時に「行く末」でもある。行く末は露のように儚い。これら二句が、「與某女別」二句の欄外に記されているということは、自らのその後を予想してのことであったろうか。時期的に、つねとの別れを詠むことは無理。つねとの別れならば、「某女」とは記さないだろう。となると、「身の果て」に拘れば、「魔窟」にいた他の女ということになるのだろうか。結婚前の女だとすれば、つねとの結婚を控えてどうしても別れなければならない。そうなれば「露」と「泪」である。結婚後に知り合った女だとすると、この女は「心の女らしう」「心の女子らしからむことこそあらまほしき」女だったのではなかろうか。つねとは異なる女だということである。けれども、妻のいる身にとっては「行く末」は「露」と「泪」になるだけである。「ひとかごめ」から「三籠め」までには、前述したようにさまざまな手記もあり、その中には小説『浮雲』の筋立てや人物の分析なども記されている。そうしたことから推察すると、掲出の俳句は創作中の人物を想定した句作かも知れないとも思うのである。

いずれにしても、某女が謎のままなのは残念である。他説を知りたい。

少女たちへの思い

——立原道造

夏のころ山麓の村に信濃むすめを知りそめしが
背のびしてさはりし枝の徑なりし

肋膜炎により、満二十四歳八ヶ月で死去した詩人・立原道造は、中学時代から作っていただけに二百首近い短歌を残しているのだが、俳句は数える程度の句数しか詠んでいない。右の俳句は、その中の無季の一句。これは、西村月杖主宰の俳誌「句帖」（昭和十一年〈一九三六〉五月）に発表されたもので、道造二十三歳。この句の詞書に興味を持つ。「信濃むすめ」とは誰か、また、句中の「背のび」したのは誰か、「徑《みち》」とはどこか、など。

これが発表される前年、すなわち昭和十年（一九三五）の八月、道造は友人の柴岡亥佐雄と軽井沢の追分にいた。十七日、浅間山が爆発するのである。外に飛び出した二人は、火山灰の降る中をあちこち歩いて帰る途中、四、五人の婦人連れに出会う。それは偶然にも柴岡の母方の縁者に当たる人たちであった。その晩二人は婦人たちの止宿先の別荘に招かれている。そこで年若い姉妹に出会うのである。横田ミサオとケイ子という。道造は特に妹のケイ子に興味を持ち、彼女を「エリザベート」と呼んだりするようになる。道造が好んだドイツの抒情詩人・作家シュトルムの小説『みずうみ』に登場するヒロインがエリザベート。この名を応用したのであろう。これがもとになって作られた詩に「はじめてのものに」がある。ソネット形式といわれる十四行詩。終わりの三行だけを記してみる。

いかな日にみねに灰の煙の立ち初めたか
火の山の物語と……また幾夜さかは　果して夢に
その夜習つたエリーザベトの物語を織つた

（『日本の詩歌』中央公論社）

道造が浅間山の爆発に遭うのはこの時初めてではないが、その爆発は、同時に少女への心の爆発であったとも示唆されよう。「灰の煙の立ち初め」、それは「火の山の物語」へと進展していくのである。

しかし、詞書の「信濃むすめ」がこのエリザベート、すなわち横田ケイ子のことかどうかははっきりしない。というのは、ここで道造は一年ぶりに関鮎子と出会っている。後で柴岡に宛てた手紙に、「あのとき、火の見櫓の下で、僕は君と、自転車にのつた少女を見た。もう日が沈んで夕靄が溢れてゐた。あれは一年ぶりでの、僕と少女とのめぐりあひだった」とある少女である。鮎子というのは、追分の旅館「永楽屋」の孫娘。千葉市内の女学校に通っていた十八歳。夏になると追分へ帰省していたという。色白で、丸顔の筋肉質の小柄な少女だったらしい。初めて訪れた夏、道造は一軒の空家を留守居借りしている。その家は「永楽屋」の向かい側にあり、家の裏庭の崖下には、「永楽屋」の小作人の農家があり、その長女と鮎子とが道造の身の回りの雑事などを手伝っていたという。そういう関わりがあって、「一年ぶりでの、僕と少女とのめぐりあひだった」のである。ということから推定すると、「信濃むすめ」とはこの鮎子を指したものと思いたいのだが……。

ただ、道造は二十一日帰京してから、二、三日後また追分の旅館「油屋」に泊まっているのだが、「エリザベートはしのぶによしなけれど、自転車で往来を走るアンナはもう帰ってしまった」(柴岡宛)と書いている。これによれば、ケイ子をエリザベート、鮎子をアンナと呼び分けていることになろうか。したがって、この段階まではやはり「信濃むすめ」は横田ケイ子と思うのが妥当なのであろう。
ところが九月九日の書簡、「今日、今井慶松といふ人のお嬢さんが来る。十日すぎると、みんな帰り、僕とそのお嬢さんばかりになる。天よ、よき勇気と物語を恵みたまへ！」（柴岡宛）という。「今井慶松といふ人のお嬢さん」というのは、山田流箏曲家今井慶松の次女、今井春枝で、松竹少女歌劇団では北麗子名で出演していた。声楽（ソプラノ）に長じていた二十歳。道造は宿の人から、世にも美しい女性で、その声は鶯のさえずるようだ、と聞かされていた。続く十三日の書簡、「油屋ぢゆうには、もう二人きりであつた。よる九時半まで、だべつた」（同）とある。春枝は詩の愛好者でもあった。横田ケイ子をエリザベートと呼んだが、ふっと出会ったばかりの今井春枝をも、エリザベートと称している。したがって、先述した詩「はじめてのものに」は、ケイ子・春枝の二人を念頭に詠んだということになろうか。同時に「またある夜に」なども作っている。この詩もソネット形式だが、やはり終わりの三行を記してみる。

私らは二たび逢はぬであらう　昔おもふ
月のかがみはあのよるをうつしてゐると
私らはただそれをくりかへすであらう

（『日本の詩歌』中央公論社）

これら二篇は、昭和十年「四季」十一月号に発表されているから道造二十一歳、大学在学中である。道造はこれらの詩を「『もしエリザベートたちが見ることなどがあつたら。』そんなことを考へて、今まで僕のうたつた世界が、いかに das Leben にとほかつたかわかつたやうに思った」（同）と記した。das Leben は人生とか実生活。「エリザベートたち」と、エリザベートを複数にしている。つまり、ケイ子・春枝・鮎子たちか。

そして十一月十二日、「僕は不安な恋をしてゐる。／相手の人は fiance があるのだ、しかし僕らは愛しつくされない位互に愛しあってゐる」（同）と書き送った。「fiance」（フィアンセ）は婚約者。春枝は翌十一年八月に結婚している。「私らは二たび逢はぬであらう」という切ない一句はそうした心情を詠ったものであろう。また、アンナこと鮎子も女学校卒業後、東京家政学院に通学、十一年春には結婚予定の婚約者がいたのである。

実はこの句が「句帖」に発表されたほか、物語「ちひさき花の歌」（昭和十一年五月）にも記されており、友人・橘宗利宛書簡（昭和十一年六月十六日付）にも詞書と共に書かれている。つまり、三度この句が発表されたことになる。道造のよほどの思いが籠められた俳句ということになろうか。

道造は物語もいくつか書いているが、詩的で幻想的な物語「ちひさき花の歌」は、「僕はおまへにアンリエットという西洋の名をつけた」で始まる。「アンリエットは、鱵子といふ娘なのだ。

人はかの女を、さより子と呼ぶのであらう」ともいう。鱵（さより）は鮎をもじったに違いない。つまり、鮎子をアンリエットとよび、前述したようにアンナとも呼んだのである。さらに、「或る夕ぐれ、僕たちが西の村はづれの方へ歩いてゐたとき、徑は落葉松の林のなかにつづいてゐた」と続く。そして次のような詩が書かれる。

村はづれの歌

咲いているのはみやこぐさと　指に摘んで
光にすかして　教へてくれた
右は越後へ行く北の道
左は木曽へ行く中仙道
私たちはきれいな雨あがりの夕方にぼんやり空を眺めて佇んでゐた
さうして夕やけを背にまつすぐと行けば　私のみすぼらしい故里の町
馬頭観世音の叢に　私たちは生れてはじめて言葉をなくして立つてゐた
　そのかへし——
背のびして触はり枝の徑なりし

とある。ここではこの句は、詩に対するかへし（返事）としての句なのである。掲出句と、「さはり」が漢字になっているだけの違いである。二転三転してしまうが、この物語を読む限り「信濃むすめ」はやはり関鮎子を指していると考えられる。

「信濃むすめ」が鮎子・ケイ子・春枝のいずれだったにせよ、道造と二人で夕暮れに歩いている。「徑《みち》」（径）は「落葉松の林のなかにつづいて」いる小道である。徑の傍らに生えていた落葉松の枝に、昂ぶる心で背伸びしながら触る。道造が背伸びして枝に触れることで、達成感を楽しんでいるのであろうが、学生という青春時代の一端を鮮やかに思い起こさせる。少女の傍らで、誇示と羞恥を含む一景でもあろうか。

この句と同時に発表されているもう一句に、

青空と枝触れながらひもすがら

がある。この句も無季だが、掲出句と同じ状況の句であろう。「ひもすがら」（終日）心が弾んでいる。青空に触れるほどの大木の枝。その枝に触れることは青空につながることになる。青々とした無窮の天空につながるほどの喜びに溢れている。「信濃むすめ」とはそういう存在だったのであろう。

道造は昭和九年（一九三四）、東京大学工学部建築科に入学して、三年連続で辰野金吾賞（銅賞）を受賞した秀才である。辰野は東京駅や日本銀行本店の設計で有名。また仏文学者辰野隆の父でもある。道造は昭和十三年（一九三八）卒業するが、卒業設計は「浅間山麓に位する芸術家コロニーの建築群」であった。彼の詩の多くは、ソネットと呼ばれる四行・四行・三行・三行の形式だが、建築家を志望した道造はこうした形式の詩をあえて選択したのであろうか。なにしろ、父の家業は荷造り用木箱製造。父が大正八年三十七歳で死去すると、長男一郎が早世していたので、次男道造が六歳で家督相続、店名を「立原道造商店」と改めていたほどである。建築志望は幼児の頃からの選択肢だったのかもしれない。ただ、身体はあまり丈夫ではなかったようで、東京府立三中時代、健康のため、毎年夏休みに御嶽へ避暑に行ったようである。軽井沢にもしばしば出かけていた。そこでの少女たちとの出会いが、夭折した詩人の叙情豊かな詩精神を刺激したのであろう。

あとがき

東日本大震災（二〇一一）に言葉を失った時、明治二十九年（一八九六）の三陸大津波を見聞した文人たちは、どんな言葉を残したのだろうかという発想で、私の勤務した東北学院に明治二十九年に赴任してきた島崎藤村に興味を抱き、調べて書いたのがきっかけであった。だから東北関係の文人を対象にしていたが、書いているうちに災害を離れ、東北関係者に限らず、作家が詩歌句を、詩人が歌句を、歌人が詩句を、俳人が詩歌を詠む気持ちに触れたいと考えてみた。つまり専門の文筆ジャンル以外に目を向ける時の状況・境遇を知りたいと思ったのである。

前回出版の『文豪の謎を歩く』で三十名に触れたが、今回は前回と異なる三十名に触れてみた。主として「仙台文学」に掲載したものだが、書き溜めていた作品もある。狙いは百名に達することなので、あと四十名に触れたら打ち切るつもりである。これは「続編」なので、「続々編」も発行できたら幸いと思っている。何しろ年齢も八十になろうとしているので……。

心残りなのは全集を探っても目指す作品に邂逅しない場合である。例えば林不忘。「丹下左膳」で知られ、しかも少年時代は石川啄木に憧れ、その上母親は某地方の女流歌人の先駆者。こうした境遇で歌作していないはずはないと考えたい。どなたかご教示してくださる方がおられれば有難い……。

本著上梓に際し、いつもながら原稿の誤りや不適切表現の指摘・助言等をいただいた左子真由美社主をはじめスタッフの方々には厚く御礼を申しあげます。

令和元年　九月

牛島富美二

著者略歴

牛島富美二（ごとう・ふみじ）

本名、後藤文二《ぶんじ》。1940年、岩手県一関市大東町摺沢に生まれる。
1962年、東北大学教育学部（国語専攻）卒業。
所　属　「仙台文学」「ＰＯ」「宮城県芸術協会」「宮城県詩人会」
著　書　小説集『霧の影燈籠』（1983年　仙台文学の会）
『峡谷の宿』（1992年　近代文芸社）
『村祭りの夜』（2000年　竹林館）
『美貌の刺客　── 仙台維新譜』（2013年　竹林館）
詩　集『いすかのはし』（2003年　竹林館）
『潮騒の響きのように』（2006年　竹林館）
句　集『榴花歳々』（2005年　竹林館）
『日々の流れに』（2007年　竹林館）
歌　集『老楽《おいらく》の……　─こころみの嘔《うた》─』（2008年　竹林館）
随　筆『文豪の謎を歩く　─詩、短歌、俳句に即して』（2017年　竹林館）
詩歌句集『ふっとたたずむ　─東日本大震災 詩・歌・句呻吟集』
（2018年　鶴書院）
現住所　〒981-3102　仙台市泉区向陽台4-3-20

続・文豪の謎を歩く　── 詩、短歌、俳句に即して

2019年9月20日　第1刷発行

著　　者　牛島富美二
発 行 人　左子真由美
発 行 所　㈱竹林館
〒530-0044　大阪市北区東天満2-9-4　千代田ビル東館7階FG
Tel　06-4801-6111　Fax　06-4801-6112
郵便振替　00980-9-44593　URL http://www.chikurinkan.co.jp
印刷・製本　モリモト印刷株式会社
〒162-0813　東京都新宿区東五軒町3-19

© Goto Fumiji　2019 Printed in Japan
ISBN978-4-86000-416-3　C0095

定価はカバーに表示しています。落丁・乱丁はお取り替えいたします。